駒山の寶

小説・中原市五郎

日本歯科大学創立者

片岡繁男

推薦の言葉

中原市五郎は私の祖父であり、昭和16年（1941）3月22日に亡くなった。私は同じ年の2月12日に生まれていたので、祖父とは40日足らず生を共にした。祖父は、わが国最初の歯科医学校を設立した石橋泉《いづみ》に因んで、この孫に泉《せん》とよむ名をあたえた。

さて、中原市五郎に関する伝記の類いは、彼の生前と死後に4冊だされた。日本歯科医学専門学校の卒業生で、小説家の島洋之助が、昭和11年に『富士見の慈父』を上梓した。同書が底本となって、日本歯科大学により、『中原市五郎先生略伝』が昭和28年に編纂された。次いで、中原の郷里である長野県駒ケ根市の郷土史家の宮下慶正が、平成4年に『歯科界の巨星 中原市五郎の生涯』を著わした。さらに、平成28年に日本歯科大学校友会（近藤勝洪会長）が、『考証 中原市五郎史伝』を出版した。

このたび、復刊される片岡繁男作『駒山の鷹―小説・中原市五郎』は、5冊目となる。

著者の片岡繁男氏は、九州歯科医学専門学校を卒業し、歯科医業のかたわら、九州の同人誌を中心に活躍した小説家であり詩人である。彼は、日本歯科医師会の『日歯雑誌』の編集委員としても、30年にわたって健筆をふるった。昭和52年に『デンタル・ダイヤモンド』誌に、

「駒山の鷹―小説・中原市五郎」を連載する。
　いわば、この眠っていた小説を、同じ九州歯科大学卒業生で、作家の子息片岡英男氏が、増補・改訂して書籍に編纂したのが、本書である。

　片岡繁男氏は、「私は日本の歯科医4万人（昭和51年現在）の中の一人として、先覚中原市五郎という傑出した人物の若き日の姿を、私なりに書き上げたいと思う」と、作家の尖鋭なモチベーションと高揚した創作意欲を書き記した。

　編者の片岡英男氏もまた、「世に立つに必要なことは、目的と見透しと努力の三つである」という中原市五郎の箴言に共感し、片岡小説を通して人間中原市五郎に心酔したことをあとがきに吐露した。そこには、平成22年に長逝された父君への敬愛の情があふれている。

　とにかく、私どもにゆかりのない片岡父子によって、没後78年にして、青雲の志を抱いた若き中原市五郎像に、改めて光彩が当てられたことは感謝の極みである。繁男氏は執筆に際し、市五郎の長男である中原　實に取材した。その中原　實の次男である私が、玉著の推薦の言葉を綴る……。そこには、脈々とつづく因縁を感じずにはいられない。

平成31年2月12日

日本歯科大学学長
中　原　　泉

駒山の鷹

目　次

執筆にあたって

デンタル・ダイヤモンド社の山根さんから、歯科医先覚者物語として『小説・中原市五郎』の執筆を乞われたとき、私は重ねて「小説ですね」と問いかえした。『中原市五郎伝』であれば、ほかにまだ適当な人があるだろう、そんな思いが走ったからである。

そう念をおした上で、

「私の中の文学と医学が、ようやく一つになった——と、自分で頷けるようになりましたので、お引きうけいたしましょう」

と応えた。そう応えながら、

「医学の中に、お前の文学を持ちこまれたら、かなわんな。やめてくれ」

と、かつて大学医局の指導者から（いや、上司という用語で、奉らねばならないひとから）叱責された日のことが、鮮かに脳裏に蘇ってきたのであった。

それは、日本が、かの暗い太平洋戦争に突入する、その少し以前のことであった。

私が介補をつとめる入院患者が死亡した。舌癌であった。執刀者である上司が、死亡診断書の用紙を手にしていたのに気づいて、私は誘われるように、

「病名は、やはり舌癌ということになるのですか」

と訊いた。日に日に栄養失調のために衰弱していく患者の経過を、私は知っていたからである。このときの私は、

(死亡の直接原因は、栄養失調というわけになるわけだ、な)

と自問自答し、それ以上の検討はできず、戸惑っている……という状態であった。

すると、上司は、

「なんだと?」

と目をむいた。

「おれの手術に間違いはない。手術は完璧だ。疑う余地はなく成功だった。きみは……」

そこまで言ってから、

「おめえさん!」

と、その口調がかわった。

「文学だか何だか知らぬが、そいつをてめえ勝手に医学の世界に持ちこまれたんじゃかなわんわい。そんな話は、おんなとイチャイチャするときにでも、やってくれ」

思わず、私は立ちすくんだ。余りにはげしい気勢であった。

私の問いかけは、決して上司の姿勢を攻撃するといった性質のものではなかった。素朴な

設問であった。私のなかの漠とした、捉えがたい『医学』と『人間の生命』との関わり合いについて（教示をねがう）ただそれだけであった。

しかし、ひるがえって考えてみると、私の質問には、きわめて重大な内容がひそんでいたのである。

それは、

——手術は成功した。だが患者は死んだ。

と、いうことなのだ。

そして、上司が金科玉条としている西洋科学は、姿勢の執りようによっては、その論理が成り立ちうるのである。

そうして、私は、

——そのとき、人間の生命は……

と、教示を願ったことになるのである。

あるいは、そのとき私の上司は（即ち、日本の一部の先輩医学者たちは）、その設問に惘然となったのかも知れない。立ちすくんだのは、怒声におびえた私ではなくて、彼自身であったかも知れないのだ。

その日以来、彼の中で私の姿は、ますます異端の徒として醜くふくらみ、太っていったらしい。

それは、いまから三十五年、いや、もっと以前（編者註、本文が執筆されたのは昭和五十一年十二月）のはなしである。

私が、私の中の医学と文学を、まったく一つに融和させたものとして受けとめることができるようになったのは、いつ頃からであったろうか。これまで日本歯科医師会雑誌に書き継いできた拙文を緻密に調べれば、その推移ははっきりとするであろう。

私は昭和三十年、日本歯科医師会の会則が改まり、会誌が希望購読ではなく、全ての会員に配布されるようになったときに編集委員に就任し、以来二十余年、ひきつづいて委員の席にある。ひきつづいて委員の席にあるのは、私ただ一人であるが、私が、

「歯科医学者であるわれわれは、一般医学者よりも、さらにいっそう『医の本質』を凝視しなければいけない。何故ならば、一般医学者は、患者の『死』によって『人間の生命』や『医の限界』をつねに問いかけられているが、歯科医学者には、この問いかけがさほどに頻繁ではない故に、絶えず己れ自ら問いかけていく必要があるからだ」

と、はっきりと発言し、執筆し、座談会を企画したのは、いつからであったろうか。

そうして――、現在、私が日本歯科医師会雑誌に筆を執っている『フーヘランドの医戒』や『県誌ばっすい』その他を読んでいただければわかると思うが、私は、その確たる姿勢を

もって、〈偉大な開拓者・中原市五郎を対象に一つの作品を書く〉ことに、何らの遅疑も逡巡もないものである

十二月十五日。

私は、中原實学長を前にして、

「先生を、中原先生、中原市五郎先生を『中原先覚』とお呼びすることにして、話をすすめましょう」

と前言し、中原先生と私との『中原先覚』の談義がはじまった。(それが午前十一時三十分。)

いいえ、中原先生が述懐してくださる中原先覚のはなしを、私は拝聴するだけで充分だった。

途中で、

(ご老体だから、余りご無理をさせてはいけない)

と、自分の腕時計をそっと盗み見ようとするのだが、それが『父を語る』中原先生に対して失礼にあたる気がしてならないのだ。

(先刻から、来客を待たしてあるようだ)

そういう懸念も胸をよぎるのだが、中原先生の語調はますます昂揚し、銀髪がキラと輝く。

幾度か、ドアがひらき、やっと、私たちも腰を浮かした。

「きみ！　もう二、三回、逢おう。きみ！　ぼくに訊きたいことを個条書きにメモして、来

いよ」

そう言って下さったとき、腕時計をのぞいたら、午後二時をすぎていた。延々、たっぷりと二時間半。中原先生は、中原先覚を——、その身辺を——、一部始終、語って下さった。

いま、中原先覚を委しく識っているということでは、中原先生のご親族や身近な人たちをのぞけば、私はあるいは指を折るくらい数少ない人間の一人であろうかと思う。

私は中原先生と対座したときの豊かな、みずみずしい想いを、いまあらためて嚙みしめながら、執筆の心を固めている。

私たち作家は（対象の人物を、まず愛さなければ、小説は書けない）と、よく言う。たしかにそうなのだ。

そうして私はいま、中原先覚を愛する以上のものになっている。そうだ。この事は中原先生にも申し上げたのだが（中原先覚のなかに、私自身を、きれいに容れこむ）ところまでになっている。

私は日本の歯科医四万人（昭和五十一年現在）の中の一人として、中原先覚という傑出した人間の若き日の姿を私なりに書き上げたいと思う。

私は、とりわけ以下の点に目を見はらずにはおられない。

——中原先覚が、日本にはじめて歯科器械を輸入した清水卯三郎（慶応三年、ナポレオン三世が企画した世界大博覧会で幕府方の日本会場をうけもった、カナモジ論者）を識ったこと。

——長女、貴志子の死と泰斗青山内科医の診察のこと。

——明治三十年、麹町区会議員になったこと。すなわち、日本の歯科医で、はじめて政治に参画し、すぐさま学校歯科医を実現させたこと。

——明治四十年、私立、共立歯科医学校を設立したこと。（じっさいは共立ではなく、中原先覚の独力であったこと。）

——明治四十四年、十月二十九日、日本歯科医学専門学校第一回卒業式に、大隈重信を迎えて、第一回卒業生を世に送ったこと。

これらの全てが、町医者として、左脚骨折という幼少からの病軀に鞭うち、己れ独りで道を切り拓き、そして、築き上げた世界であったのだ。それが紛れもなく日本の土壌に芽生え、日本で成育し、そして開花した大輪の華であることに、私は刮目するのである。

今日、私は、日本の歯科医師が生きぬいていくみちは「新しい技術論」を学問的に体系づけるより他にはないと考えている。この視点からみるとき、中原先覚の清水卯三郎との交友や、日本歯科医学校発足に際しての「歯科器械商、小川松次郎の犠牲的応援」など、器械メーカーと相携えて、日本に歯科医学という新しい医学分野を開拓していった中原先覚の人物像こそは、今日的に照射すべき、まさにその人、そのときである、という思いがしきりである。

さらに、私は、

「中原先覚の胸には、いつからか大隈重信が、たしかに巣喰っていたと思います」

中原先生に、こう申し上げた。

「そうか」

中原先生は私の方に身をのり出し、私を見据えられた。

私学、早稲田大学の創設者、大隈重信が閣議を終えて早稲田にかえる途上、玄洋社員木島恒喜に爆弾を投げつけられ、右脚切断の災厄をうけたのは、明治二十二年十月十八日。

このニュースを青年歯科医中原市五郎はどのような思いで受けとめたであろうか。

また、点灯夫と母カツと市五郎のからみや相良知安（東京帝大医学部の基を築いたドイツ医学の遵奉者）のこと。

中江兆民の『一年有半』を愛読したリベラリスト市五郎のこと。

さらに遡って、江戸最後の浮世絵師、小林清親が描く諷刺画新聞、團々社『マルマル珍聞』と、市五郎をどのように私が組み合わせうるか。

明治四十四年十月。おおずくにゅう（大頭のことを佐賀弁で、こう言う）の大隈が「地はよし九段、富士見原」で、第一回卒業生を前に一席ブッた。

そこらは、私の小説作法の領分になるので、それは兎に角として、私は、ここに中原先覚の後輩である一人の歯科医として、中原先覚の「地域住民との密着」を――、「政治」や「学校歯科医」や「子弟教育」に対する姿勢を――、今日、ただいまの問題として、とり上げたいと思う。

私たちは、今日あらためて、中原先覚が独りで開拓した日本の歯科医学の道を、その一つの大きな流れを、丁寧にたどることによって、そこから私たちへの垂示を真摯に汲みとる必要があると信ずるからである。

そうして私は、この『小説・中原市五郎』を読んでいただく全国四万の歯科の先生方に、ぜひ、一人ひとり、中原先覚を、それぞれの心の裡に描いていただきたいと思う。

プロローグ

昭和五十二年、一月二十六日。中原實学長にふたたびお目にかかり『中原先覚』のはなしを承ることになった。飯田橋を並んで歩き出すと「いよいよ、本番ですね」と山根さんがいう。だまって私はうなずきながら、いつぞやテレビのインタビューだったかで視たことをふっと思い出した。そこでは映画監督大島渚の女房が亭主の日常を語っていたのだが、「それでも本番というときになるとクレージーになりますね」というのである。そのときは「なるほど」と聞き流していたが、いま「本番」ということばから(そういえば、私もこの二、三日少しおかしい)と思い返した。

――少年市五郎が旧松本藩御典医戸田義方の医院に住み込んだのが明治十二年三月。このとき彼は慶応三年五月十五日(新暦六月十七日)生れだから、満で十一歳九ヵ月。院長戸田義方は旧藩主戸田家の一門で、漢方に蘭方を加えた医者。帆足万里の『医学啓蒙』でいう「漢蘭方ヲ雑ヘ用フ」いわゆる「雑方家(漢蘭折衷医)」である。

ところでこの雑方家についてだが、これに対しては「純粋蘭方家」というものが居たわけである。そして、さきの帆足万里は「蘭書ヲ大抵読習ヘハ其書モトヨリ漢ノ医書ト違ヒ療治ノコトモ精シク手ニ取ル如ク書テアルユエ療治ヲナセシコトモナク病情ヲモシラヌ少年直ニ医者ハ出来ル様ニ心得ルナリ、是畠水練ト云モノ」と指摘している。こういう次第で、戸田義方は一応、中道を歩いていたといえる。

そこで、この戸田義方の門で市五郎が見聞きした西洋科学は――ということになる。もし戸田義方が蔵書して、市五郎に貸し与えたとすれば、それはどのような科学書であろうか。

私は、科学史の泰斗K先生に教示を乞うた。

「やはり、広瀬元恭の『理学提要』ではないでしょうか」

K先生はいった。「やはり」というのは、私が他の作品で、広瀬元恭、時習堂に関して仔細な資料蒐集、調査をしていることを御存知だったからである。

（まず、そこからスタートだな……）

私と山根さんは立ち留まった。そこに中原先覚の寿像があった。寿像は高い個所《ところ》にある。私は仰ぎ見て（よし！　この目だ！）と心底ふかくうなずいた。

この「目」について、ぜひ書かなければならない。じつは十二月十五日、中原学長にお会いした日に遡るのだが……。

私は、ある人物を与えられたとき（ある実在の人物を自分のなかに容れるとき）その人物の写真と長い時間をかけて相対する。その写真を、じっと見るのだ。大袈裟になるようだけれど一時間でも二時間でも、じっと写真と向き合っている。もちろん、向き合っていて、くたびれると私はそのままゴロリと寝転がる。ややあって、やおら起き上り、またジッと見る。すると、彼は口をもぐもぐさせはじめる。鼻をクンと鳴らしたり、耳がちょっとだけ動いたりする。そのうちに、しずかに語りかけてくる。もう、そうなると、目をつむってもその人物の顔かたち、白い額、黒い眉、大きな耳が、すぐさま私の脳裏に描き出されていくのである。

こんど──中原先覚のときも、同じように数葉の写真に時間をかけ、日数をかけて相対した。

明治二十年春の写真がある。満二十歳である。青年市五郎は旧年末、福島で同宿した歯科医Oに伴われて高田に赴く。其処で、郷里、長野県上伊那郡赤穂《あかほ》村から徴兵検査受検の通知の報をうけて帰郷するわけだが、和服、白いシャツ、髪を七三に分けた、少しザンバラの……青年と長いこと向き合っていても、いっこうにこちらに語りかけてこない。私はくちずさんだ。

民権論者の涙の雨で
みがきあげたる大和胆
コクリミンプクゾウシンシテ

ミンリョクキュウヨウセ
もしも成らなきゃ　ダイナマイトどん
ダイナマイトどん　ダイナマイトどん

と何度も呼びかけてみるのだが、ちっともききめがない。

ところが、つぎの写真に目を移したとたん、私はアッと息をのんだ。キラリと右の目が光ったからである。その眼がじっと、私を見据えたからである。

この印象は、そのままに、いまもある。

せんだって、中原学長にお会いしたとき、

「どうでしょう。目がキラメク！といった印象をお持ちではありませんか」

と私は訊いた。すると、中原学長は、

「しかし、写真にはウソがあるよ。絵……は、とくに洋画はほんとうだが」

と、そのようなニュアンスで仰言った。

私は身をのり出した。

私は「執筆にあたって」で（中原学長の語調はますます昂揚し……）と書いたが、私自身はこの一言で心が湧き立ってきたのである。中原学長の「写真にはウソがある」ということは、写真は瞬間瞬間の事実をとらえた映像だが、絵はそのイメージをとらえたもの、こころをとらえたもの。それこそ「ほんもの」であり、真実である——ということなのだ。そうして、私は、瞬間々の一コマからこの「真実」を描き出そうというのである。はっきりいって、私にとって、私の白紙の中にまず入ってくるものは、この「真実」の方がいいのである。真実を追求するのは余人にあらず私であり、私の小説であるからだ。

それらの思いを走らせているとき、

「そういえば、父がヨーロッパに行ったとき、『ドクトル中原の目はシャープだ』といわれた……というはなしだったよ」

と中原学長が仰言った。

ソレダ！と私は思った。


この日、そういう論議をしたあと、あらためて彫刻家朝倉文夫氏の手になる中原先覚の寿像に相対して、

「やっぱり、私の中にある眼光だ！」

と、私ははっきりと胸の中でいった。それは、すでに『駒山《くざん》の鷹』というタイトルで、私の中にどっかと腰を落付けている中原先覚の眼光であった。キラメキであった。（因みに「駒山」は中原先覚の雅号である。）

その『駒山の鷹』は、どのように羽搏き、どのように夢をみ、何を、どのように捕捉して宙天を駆けるのか。

第一回は『翔ける』からはじまる。五層六階の松本城を望み見る少年市五郎の幼い胸のうちに芽生えるものは――。自分が一番大事だとしているものを冒されたとき、少年の心はどのようにゆれうごくのか。それは第二回の『漂泊』につづいていく。

「孤り」の彼に自由民権の嵐は容赦なく吹き荒ぶ。その嵐の中に、具象の事実とともに舶来された……『西洋の風』を伝えた誰彼。たれにもまして、その「まこと」を嗅ぎとろうとする敏き鷹。こうして彼は、いままで培い育てつつあった「こころざし」を、さらに模索せざるを得なくなる。襲いかかる、母、妻、それら愛の相剋と長女の死――『愛と死』。

そうして「医とは」「医の限界とは」と懊悩する彼に貴重な出会いがあって「医にしたがう心」がさだまり、『己れの道』へと鷹の目は冴える。

かくて、彼はかつて幼く『翔ける』日にのぞみ見たかの松本開智学校を、おのれの手で建てんとするのだ。日本全土の青雲をもとめる若き鷹を『地はよし、九段富士見原』に、おのれの翼のもとに、養わんとするのである。

駒山の鷹

慶応三年五月十五日

一

信州松本のお城を西方やや南よりに仰ぐ東町の通りまでやってきて、一兄いの庄之助が足をとめたので、少年市五郎もそれにならって足をとめ、

（やっぱりカラスだ）

と、思った。

五層六階の城郭が城山をうしろにして、左手に月見櫓、右手に乾櫓をしたがえている。その後背はるか空のはたてに輝《ひか》る西山。

市五郎は慶応三年五月十五日生れだから、この日、明治十二年三月――で満十一歳数カ月、だが年齢にくらべて背がひくい、つくりも小さい。そのからだをふんばるようにして、深志《ふかし》城とよばれるお城をみた。

市五郎は、城がはじめて彼ら二人の視野にはいり、庄之助が、ほら、お城が見えるぞと指さしたとき、おやカラスみたいだと、ふっとそう思ったのだ。

庄之助は、それから――あの城はな、永正一年、だからいまから三百七十年も前に築かれ

たもので……と語りはじめたが、市五郎にはそんな年号などいわれてみたところで、また三百数十年もの往昔《むかし》のことをくどくどと述べたてられてみても、心をひくものは何もない。ところが、はなしが天文年間には小笠原長時が城主であったが、その末年から武田氏の領有となって……という件りになり、市五郎は、へぇ武田信玄か、そいで、それはいまから何年前のことか。そうか、武田が三十年ものあいだ彼処にいたわけかと、お城をはるかにのぞみ見る。

庄之助のはなしはそれからまた一しきりつづき、二人は歩きつづけ、市五郎は庄之助が、やれ金のシャチホコの名古屋城はあのお城を手本にして加藤清正が築いたものだとか、やれ五層六階の威武をしめしたさまは流石だ、などといっている間、

（カラスとんびが畑に下りているところだ、首をちょっともたげているわい）と独り合点し、（いまは羽根を休めているがあいつがいざ羽搏くとなると、そうさな、いまの倍にはなるぞ、うむ、カラスとんびだ）

とつぶやき、自分の肩をぴくりとあげた。そのつぶやきに、

「なに、とんび？」

庄之助は、なぜかギクリとした。

とんびだ、と。とんびがどうしたちうのか？　お前が生れるとき、トッさまがうろうろし

てたわ。とにかくまあ母者《ははじゃ》のお産がひどうて三日三晩苦しみぬいて、それでトッさま、こんどばかりは違うようじゃで、ハテ種馬はとんびじゃが、なに、もともとはわしの子。するちうと、こんどのヤヤ、れっきとしたわしの孫。産気づいて今日で三日三晩、うん、これはどでかい孫が生れてくるで。

だが、そのあとが気に入らぬ。「こんどこそは正真正銘、木曽駒の鷹じゃぞ」と。するちうと一兄いのおれも二兄いの作太郎も半端なとんびというわけか。

鷹の由来はまたにして……なにがさて、おれも作も、トッさまのおっかなさには参ったわい。真冬によ、裸足《はだし》で、ソレ天竜川マデ一気ニカケオリロ！　もともと、此処から天竜までは、わしんちの領地だったんじゃぞと、破れ鐘《われがね》のような声だ。おれはちんぽこまでちぢみ上り、作の奴はしょんべん漏らしよった。

そいで、トッさま、とうとう市五郎の左足をいうこと利かんようにしてしもうたんだ。それがよ、一歳の誕生日をむかえた市め、縁から転がり落ち、くるぶしをいためてひいひい泣いとるに、木曽駒ノ天ノ涯マデ翔ケンナラン鷹ジャド、コノガキサレメ。お前もお前じゃ、なんでこう泣きべそに育てくさらせた！　と火が出るほど母者をどなりつけた。それでよ、市めの足は骨が折れたまま、誰もそれに気づかず今日になってしまったんじゃ。

「うむ、そういえば」

付櫓、小天守を配した連結式の天守はカラスに見えなくはないわ。それにしてもご一新の騒動にも、よくこれだけのお城が焼け落ちずにすんだものだ。が、それはそれ、いろいろのやり方があるというわけか。

庄之助は中原家の跡取り。郷里伊那で製糸業を営んでいるが、一昨年まで、江戸からすでに東京と改称された日比谷、中山大納言の御屋敷に奉公に上っていた。だから、もの識りというわけではない。それも耳学問のうち。父儀左衛門から強引にひきもどされて家業に就いてはいるが、まだ官員への夢を捨ててはいない。末弟の市五郎を医者に、といい出したのも庄之助だ。

「カラスとんびか、なるほど」

と軽くうなずき、またしばらく二人はだまって歩きつづけた。一人は、かつての見果てぬ夢を恋うて。も一人は、これからはじまる彼の人生に稚《おさな》い胸をふくらませ、いくらかの惧《おそ》れを去来させながら。そして、ここ東町にきたのである。

「ええと、たしかにここらのはずだが……。ここだ、ここだ」

庄之助と並んで大きな武家屋敷の門に佇んだとき、市五郎の目に、戸田家の邸内に消え去る赤い被布の少女のうしろ姿が映った。そのとき小さな鈴が鳴っていた……そう思い返したのは、後になってからのこと。

「いいか、何度もいうようだが、ご一新になっても武士は武士。百姓はいつまでたっても百姓。むかしから殿様にお辞儀をさせたかったら坊主になるか医者になれ、というたもんだ。医者はいいい。坊主よりいい。生きたやつが相手だもの。それに戸田義方どのは蘭方の勉強に長崎まで行ったお方だ。しっかりやれ、おれの分まで、な」

それは、これまでいく度となく繰りかえし庄之助からきかされた文句。市五郎はうんうんとうなずいていたが、

「おれの分までというたら……一兄いは」

と庄之助をみた。

「おれはおれでやる、いまに、な。そいつは謀反かも、知れぬ」

「むほん?」

というたら西郷隆盛のようなものか。全くだ。謀反だ逆賊だと足蹴にしくさって、勝てば官軍、名目はいろいろ付いてるがウラミツラミの刃傷沙汰さ。何にも変ったことはない、いつの時代も人間の世界って、毛ほども変りはしないのさ、その中でおれがどう生きていくか、だ。一兄いは、いつもそう言っているが……。

「いまにわかる」

と、庄之助の謀反は現在手がけている製糸業にかかわるもの、市五郎にそんな思いが走っ

たが、それ以上はのみこめない。ただムホンという語感がいかにも戦闘的で、負けん気な市五郎の胸をはずませた。

「よいな！　母者が渡した大事なものも」

「ああ　ちゃんとここに」

首から吊した三徳袋。これを失くしてなるものか、粗末になどするものか。母者がわたしのためにトンカラトンカラ精出し織ってくれた財布、ずっしりと重い一文銭。丹誠こもった、この世でいちばん大事なもの、尊いもの。母者と思うて、しっかりとここに抱いているて。みぞおちの辺りをも一度おさえ、ツツと市五郎は二、三歩、戸田邸大玄関の方へ。

そして、

「ごめん下さい！」

市五郎はどなった。いや、どなりかけようとしたとき、チョット待て、庄之助が袖をひく。どうかしたか？　どうもこうもあるか、イチよ、ここは大玄関だ、勝手口にまわらにゃ。なんでわざわざ勝手口まで行かんならんか、近いところでええ。そうはいかないて、世の中ちうもんは……

委細かまわず、

「ごめん下さい！」

市五郎は、どなった。

「すると、きみはいわば謀反を起こしたわけだ」

大柄な布袋、戸田義方が庄之助の言葉をひきとり、もちろん白い上っ張りを着ているのだから腹を出してはいないが、そこをひと撫でした。庄之助が跡取りのくせに代々の農をすてて東京で御屋敷奉公をしていた経歴に興味をもったらしい。

「その……謀反と、いわれますと困りますが」

と庄之助は口ごもり、市五郎は、おや、しまった！　立ち聞きされたかと振りかえる思い。が、

「わしの、長崎留学もあるいは……謀反だったかも知れぬ」

義方はつぶやく。

彼は当年五十。現在までまだ妻女を娶らず、老母とある。もっとも身のまわりは母が戸田家に嫁ぐときに随れてきたという老女が世話をするし、下女もいる。遠縁の少女も養っている。医院のほうは旧藩士の子弟一名を、乞われて門弟としている。

戸田家は旧松本藩主戸田の一族で代々の御典医。いまは漢方に蘭方を加えた医を営んでいる。帆足万里の『医学啓蒙』でいう「漢蘭方ヲ雑《マジ》ヘ用フ」医者、いわゆる「雑方家（漢蘭折衷医）」

である。ところで、雑方家に対して「純粋蘭方家」というものがいたわけだ。帆足万里は「蘭書ヲ大抵読習ヘハ其書モトヨリ漢ノ医書ト違ヒ療治ノコトモ精シク手ニ取ル如ク書テアルユエ療治ヲナセシコトモナク病情ヲモシラヌ少年直ニ医者ハ出来ル様ニ心得ルナリ、コレ畠水練ト云モノ」と指摘している。

戸田家代々の漢方に、蘭方を加えたのはいうまでもなく当代の戸田義方。

「いい年をして、あとさきもなく長崎へ行ったのだ。ところで、きみ！　市五郎くん、か。きみは何年生れだ？」

と訊く。

市五郎が、慶応三年五月十五日と自分の生年月日をこたえていると、それがそのう、この子が生れるときは三日三晩……とつけ加えてから、これは別に注釈することもなかったんだわいと庄之助は素知らぬ顔で頭を掻く。

ところが、ほうそれは長い陣痛だったな、

「なに！　慶応三年五月」

と義方はひざをのり出した。

「それじゃ、きみがこの世に生を享けたとき！」

と太い指を市五郎の眼前につきつけ、

「きみの母者がはげしい陣痛に呻いているとき、きみが伊那の山峡で呱々の声をあげているとき、私は長崎で、ある煌きを——、一つの啓示を得たのだ。そうか慶応三年五月の、いく日《ニチ》だ？　五月十五日か」

　義方は、彼の思いの中にすぐさま入っていく、そんな性分らしい。

　市五郎は、だまって待った。稚いながら（義方独りの世界をさわがせてはならぬ）という配慮であった。もちろん、自分が生を享けたとき自分の生涯にどのように関わりを持つ事象がこの世に惹きおこされたか知るよしもないし、そのような関わり合いに思いを馳せる年齢でもない。

　ようやく、義方が口をきった。

　だが、それは市五郎が待ちもうけているたぐいの言葉ではなかった。そのくせ、なぜか心をひくのだ。

「たとえばいま、戸田義方と中原市五郎と、それに介添の中原庄之助どのと、三人がこうして出会うた、出会うている。そのとき、どこかの空の下で甲と乙とが手を握り、（そのゆえで天下国家がひっくり返り）、そのとき、どこぞの男がどこぞの女と乳繰り合って、どこぞの女のおっ母が気が触れたようにわめきちらしている。そこにちっとも不思議なことはない。そいつが輪廻といわれているやつかも知れぬ。

そんな出会い、屁でもない抹香くさいはなしに、よ……。ちかごろ、こんな思いに襲われることがあるんだ。

あるいは巨大な傀儡師がいて、そいつがおのれの指頭で何もかも自在にあやつっている——と、ね。きっと、長崎で手に入れたあの画像のせいかも知れぬ」

「それはどんな画像でございますか」

庄之助が訊く。

「きみに言ってもしようのないことだが、いわば西洋の神農さま、医薬の神様だ。神農さまといえば天下に耕を教えた神。そう、きみは繭をやっているといったね。そうなるとまんざら因縁がないわけではないな。どうだ、繭……ということになれば、なんとしても横浜がよいということになるか」

「へえ、それはもう一から十まで横浜の景気しだいで……」

老女がお茶をもってきて、

「はあ、マユさまのことでございますか」

と、言葉をさしはさむ。

「なに？　マユさま。はははは」

「マアさまなら、さっきお帰りなりました。いま、大奥様の部屋で……。はあ、オボコサマ

（かいこさま）のおはなしで……、まあ、ほほほ」

老女はひき下がる。

養女マアさまと市五郎が顔をあわせたのはそれからまもなく。

これは、その前――のこと。

二

「ヒッポカラテツという聖《ひじり》……知っているかい」

義方は、門弟の加古川にいいつけて持ってこさせた一幅の軸物を解きはじめた。

「ヒッポカラテツ？　存じません」

庄之助はかぶりをふる。

「さっき言った西洋の神農さまだ」

解きかけた手を、ちょっと休め、

「市五郎くん！　ヒッポカラテツという聖は西洋のひじりの中で最もカミに近い方だそうだ。ヒッポカラテツの教えの根本を守らねば、どういう医のわざを習いおぼえても駄目だというのだ。いいね」

大きくうなずき、口の中でヒッポカラテツの名を両三度くりかえす市五郎に、義方は、ヒッポカラテツはすべての医者、哲学者の中で最上位にある方。いわば西山(松本の西方にそびえる飛騨の山々)のようなものだ、仰ぎひれふすものだと、部屋の西隅をゆびさした。

「身体の働きをととのえるのも、痛みをなおすのも、われわれにそなわった自然の力である。即ち自然は良医である。医者はこの自然という良医の臣でなければならぬ、というのだ」

いいね、よく覚えておくことだ! そう言いながら、眼差しが急にいたずらっぽくなり、

「ヒッポカラテツの眼玉が青いかどうか、きみ知っているか」

義方は手にした画幅を(この中に、ちゃんとその答えがあるのだが)といった顔で、市五郎に笑いかける。

「碧眼紅毛、といいますから」

と庄之助は、市五郎へむけられたそれを自分にとりもどそうという気配だ。

「と、思うだろう」

義方は、ようやく画幅を開きにかかる。立ち上って、床の間の山水軸の上に重ねて掛けた。

「ところが、茶色の目なのだ。ヒッポカラテツの生れはギリシャという国だから茶色だということだ、ほら」

「ほんとだ、茶色の目。豊かな顎ひげ、まさにひじりでございますね。ゆったりと青い服をまとうて」

庄之助が言うとおり、いかにも悠揚せまらぬ映像であり、目の色のやわらかさは、春の日射し……ともいえそうだ、市五郎も見とれた。

「はじめて、見ました。異人を」

市五郎はいった。

「なに、はじめて異人をみた。そうか、それはよかった。きみの中に、はじめて入ってきた異人がヒッポカラテツである——ということはうれしい。じっくりと、見なさい。フルベッキ先生も、この像はよく出来ている。日頃われらの脳裏にあるヒッポカラテツの映像そのままだと仰言って下さった」

「フルベッキ先生と申しますと」

庄之助が訊く。

「うん、長崎の英学校……の先生で、私の英学の先生だ」

「英学？ の先生」

「もともと長崎奉行所の英学校の先生だったのだが、ご一新の騒動で長崎奉行はロシア船で江戸に逃げ出すし、そこでその英学校をそっくり佐賀藩がひきうけたのだ」

「佐賀藩の学校にお通《かよ》いなされたんで？」

「そうだ、致遠学校といってな、いまの参議大隈重信どのが学校づくりを発案して、長崎の佐賀藩屋敷にフルベッキ先生を迎えたのだ」

「あの……大隈」

「さよう、大隈どのだ。私はあの人たちによって、目のウロコを落してもらった。いや、それどころではない、ものの考え方を根こそぎかえさせられたのだ」

義方は松本出身の洋学者辻新次の斡旋で長崎、精得館（長崎養生所）に留学した。この留学についてだが、さっき義方は（おのれの……謀反だったかも）とつぶやいた、そのことの中には、松本藩のこれまでの趨勢としてならば江戸に行くべき留学を、自ら行先を「長崎へ」と選んだおのれの志向もふくまれているかもしれない。

辻は松本藩の藩黌《はんこう》崇教館に学んだが、洋学に志し文久元年、江戸に出て蕃書調所に入りオランダ語学、フランス語学を修め、化学に興味を持ち、その研究を積んだ。慶応二年、開成所教授試補となったが、その後、南校校長の重職についた。

ところで元治から慶応に年号がかわって国の内外ともに多難、長崎でもそうした政情によってひどい混乱が起きはじめてはいた。が、それでも西洋医学に対する幕府の保護はつづけられ、たとえば江戸の医学所から長崎に留学していた緒方惟準《これよし》（洪庵の次男）は西洋医学研究のためオランダに留学することを命ぜられている。

こうした慶応二年四月、精得館に分析究理所が設置され、オランダ人ハラタマが招かれて物理学、化学の教授となった。ハラタマの着任によって精得館の教育は本格化し、聴講生は百余名におよび盛況を呈した。

この時期に戸田義方は長崎留学に出発したのである。だが松本から名古屋に出た義方は京、大坂と道草を喰ってしまった。京都には当時ただ一人「西洋純粋医」の肩書を自ら付した広瀬元恭の時習堂がある。「西洋純粋医」とは「物理化学を基礎とした医」という意味だが、義方はおのれの貴重な蔵書『西医脈鑑』の著者である元恭先生にはぜひ面接して高説を承りたいし、日本で屈指のからくり師なら誰しもが時習堂を勉学の場として選ぶという——その実態もたしかめたい。また大坂の適塾は緒方洪庵が文久二年、幕府に召されて奥医師になったために閉塾となり、彼は翌年、突然の大喀血で急死してしまったが、門弟三千といわれる塾生のうち大坂在住のものはほとんど通学生であり、閉塾後も野にあって医を学んでいる。その誰彼と意見の交換もしたい。さらに九州路、豊後国(大分県)日出《ひじ》は碩学帆足万里の故山。万里の西洋諸科学を体系化した『窮理通』の深遠はおのれの未熟さを慨くばかりであるが、『医学啓蒙』とともに書架にある。できれば大坂から舟行し、日出の港を見下す丘に眠る万里先生の奥津城に額ずきたい、と。

松本を離れた彼は積年の夢、フレイヘイド(自由)の羽根を一度にひろげてしまった。そして、京坂での計画の大半は実現したが、日出行は実現しなかった。こういうわけで日数を喰い、その間にハラタマは開成所に招聘されることになり慶応三年三月、東上し、入れちがいに義方は長崎に到着したのである。

「精得館はちょうど長崎港のま上だ、外へ出ると港内が一望に見渡せる。はじめて私がそこから見た外国船はイギリス船で、長崎と香港の間を往来しているということだった。香港はイギリスが、例のアヘン戦争におっかぶせた恫喝でものにした租借地だが、そこまでイギリス船で六日の航程。なにせ長崎から清国の上海まで二日もあれば行けるというのだからな。信濃の山国育ちの私にはまるっきり別世界だ。あとでロシアの船も見た、アメリカの船もみた。そのころにはもう長崎の街は混乱のるつぼだった。

なにしろ、倒幕、王政復古の動乱だろう。私はもちろん幕府派遣の伝習生ではない。しかし親藩松本の藩医であることを自ら名乗っているし、はじめの間はまあそれでもよかった。私は幕府派遣の連中と同等に椅子に腰を下し、テーブルで講義をきいた。諸藩の学生は畳の上で机の前に坐るのだ。それはいいとして、私は蘭学の基礎ができておらん。図々しく席に割りこんでみたものの、どうも皆について行けないのだ。となると一ぺんにやりきれなくなった。それに幕府方とみれば薩摩、長州の奴は目の敵にする。どうも精得館に居づらくなってしまった。そうなってから男の行くところは決まっている。それに長崎というところはよう出来とる。イコカ、イクメカ、シアンバシというてな、丸山の下、思案橋のたもとに「さかえ亭」ちゅうて肥前（佐賀）藩の洋学生がしょっちゅう入りびたっている旗亭がある。なんでも佐賀の商人が後楯で、そいつは相当の見識者らしく、佐賀藩代表の商人としてフランス、パリの世界大博覧会に行っとるということだった。私もさかえ亭でくだをまいていたわけさ」

義方はおのれの長崎での所業を、このようにあしざまに自嘲する。しかし、内実はそんなじだらくな話どころの騒ぎではなかったのだ。

一歩、長崎の市中に出れば「徳川慶喜が錦旗にむかって発砲したからには、幕府はまさに朝敵。かかる朝敵の片割れがこの地に居るとすれば、即刻に立退くべし」との立札が掲げてあるというありさま。とどのつまりは長崎奉行河津祐邦《すけくに》はロシア船籍のアトリン号に乗船して江戸に引揚げ、精得館に留学中の池田謙斎らはアメリカ船コスタリカ号で上海へと避難した。

長崎の行政を担ったのは佐賀藩と黒田（福岡）藩。土佐海援隊が長崎奉行所を占拠して治安維持に当った。

これに対し、在留各国人を代表してイギリス商人オールトが「もし居留地において不取締りの事があったならば、各国おのおのその国民保護の責に任ず。……貴下が十分厳重に取締りをしなければ日本は大患を醸すであろう。ひとたび人民保護のために上陸してその地を占領する時は、容易に還付しない」と警告を発した。

かくて佐賀、福岡、島原、唐津、薩摩、肥後、安芸、対島、宇和島、平戸、大村、五島の長崎在留の各藩士も土佐藩海援隊の主導のもとにご一新に尽力することとなる。

だが義方は、たった独り。（やっぱり長崎行は謀反だったか）と悔いも襲う。遁走しようにも、全くすべがない。やっとアベセ仲間の佐賀藩洋学生の情けに救われたのであった。イコカイクメカシアンバシというてな、などと軽く流しているが、松本に帰ってまもなく老母と茶を服みながら「私は世界をひっくるめた人間の修羅場を見ました」と、たった一度きりであったが述懐したことがある。義方の長崎行でのキズは大きいのだ。

「私はさかえ亭で大きな勉強をした。佐賀藩の奴はみな洋学がよう出来る。元来、佐賀藩は他藩のように討幕じゃ王政復古じゃと余り息まきはしない。藩主夫人が将軍の息女という因縁もあろう。そのほか種々の理由があろうが、そういうわけで私も居心地が悪くはないし、入りびたっているうちに彼らと交際するようになったのだが。

連中のいうことは、こうだ。世は勤王運動が大きな流れ。しかし、藩当局の方針で表面きって運動ができない。そんなら、いちばん、雌伏して勉強に専念するほかはない。

——ここからが大事だぞ、きみ、市五郎くん！

ちっとばかり目ハシが利いていたら時の流れなんどは、ちゃんと見えるものだ。問題は目ハシではない。その先だ。ということは、その先からが『コトノハジマリ』ということだ。幕府が倒れ王政復古になったとき、それから先、どうする！　誰が、号令をかけるのか！

そこで、だ。

号令ハ俺が掛ケル。ダカラ勉強シテオル。スデニ俺ノアタマニ、ギッシリトツマットルタイ……。

そう、うそぶく奴がいた。

其奴の頭の巨《おお》きなこと。佐賀弁で巨頭《おおあたま》のことをウウヅクニュウというらしいが、そいつが！　大隈八太郎という奴。大坂東本願寺でイギリス公使パークスとキリスト教問題で堂々とわたり合って一歩も退かなかった男。いまの参議大隈重信どのさ」

「へえ、ウウ……ウウヅクニュウの大隈」

と、庄之助。

「私が言いたいのはウウヅクニュウのことじゃない。そうせざるをえない、その時そうせざるをえないから、やむを得ずではなく、とりあえずではなく、ドッカと腰を据えて其処でコトをはじめろ！　ということだ。それを、きみに言いたいのだ、市五郎くん！」

「はい」

「きみ、足をらくにしなさい。

市五郎くん！　医者は大変な仕事だよ。

大隈八太郎がいいよった。

コレカラサキハ、ココダ――と、おのれの巨頭を指したあと、きみは医者だったな、と私の方を向いて、

『医者は、それだけでは済まぬぞ。いや、医ははじめっから違うようだ。そのくせ、実学だ。俺は、こわい！』と、ね。

その一瞬、キラッと火矢が煌き、私の胸につきささったのだ。

これは、私にとって大きな啓示であった。私がヒッポカラテツの画像を遮二無二、手に入れようとしたのは、それからのことだ」

義方は一気にそういい切った。それから、ゆっくりとした調子で、

「さあ、今日の講義はこれまで」

と、にこやかに笑った。

そのにこやかな微笑は、さきほどから少しずつ義方のむねに象《かた》ちを為しつつあるものに寄せるひそやかな歓びであったが、それについてここで触れるべきではない。また一方、市五郎とて義方のそれが、直接自分の一身に関することを秘めているなどと夢にも知るよしはない。

市五郎は、大きな吐息をした。

（そうだ、私の「医」の勉強は、もうはじまっているのだ）

市五郎は、ひざをたてなおそうとした。そのとき、くるぶしから胸、頭へと刺しつらぬく激痛がおそった。「ム」と、歯を喰いしばって義方を見た。

義方の、福々しい笑顔の後背に、ヒッポカラテツの画像があった。

翔ける

一

それは市五郎が義方の書斎で、はじめて『脈論』の講義を聴いたときであったのだが……。卓をはさんで向かい合った義方が、愛用の懐中時計を「これが、その三針だ」と卓上に置いたとき、市五郎はさそわれるように自分の左耳を時計に圧しあてた。

そう、それは義方が広瀬元恭訳の『西医脈鑑』にしたがって、

——西洋時刻は日本とちがって一昼夜を平等に二十四時に分け、その一時を六十分時《ミユウート》、その分時を六十秒時《セコント》とし、人間の脈動をこの分時で、六十あるいは七十あるいは八十動などと診脈する、

と説明する。

市五郎は、顔を横に向けて圧しあてた左耳の冷たい感触の中からチチチチチチチと伝わってくる音を聴きとると、

（まったく草むらですだく虫の声だ。そうだ、これは小さな生命！）

と、あらためて義方のさっきの講義を思いかえし、

（義方先生は、
ソレ脈ハ血液ノ行動　ソノ原《モト》ハ心臓ニ起リ支分シテ全軀ニ彌浸ス……血ハ人ニ於テ母ノ如シ　造化成育の力コレニ舎《ヤド》シ　体中凡百ノ諸器コレヨリ成ル……血ハコレ生ノ神ナリ
と説いたが、その生ノ神というのが、義方先生がつねに熱っぽく口になさる『生命《いのち》』なのだな、そしてその人間の生命につかえるのが医者で……と、わたしは一応はそう考えた。でも、生命――などと、こんな難しい問題は、これまでのわたしにはまるで縁のなかったことだし、これも義方先生がいつも仰言る「まさしく畏敬すべきもの」にちがいなく……わたしがそのように考えていると、すぐさま、それを遠くへ押しやるように立ち罩めてくるものがあって……だが、いまその霧が少しずつではあるが霽《は》れていくようだ）

　こう思い、顔をあげた市五郎の真正面、書斎の床の間にヒッポカラテツの画像があった。この聖《ひじり》が医者の最上位にある御仁《おひと》！

　漠然とではあるが、ヒッポカラテツと自分との距離をおしはかっているうちに市五郎はだんだん気が遠くなってきた。（義方先生は、「医と他の学問とは、はじめから違う」と、いつも仰言る。そこのところが……）、そう思いをめぐらせていると、さらに心がふるえてきた。

　そのとき門弟の加古川が右手廊下の障子を開け、
「薬局のしごとも片づきましたので、これで……」

と挨拶をした。これから書生部屋に退き下ろうというのだったが、義方が、

「ご苦労さま！……そうだ、ご苦労ついでに、ちょっと実験につきあってくれないかね」

という。

市五郎が加古川と気まずくなったのは、それから後のいざこざのため。いや、加古川だけではなく義方先生にも釈然としないものが胸にわだかまったのだが、その方はまもなく融けた。

加古川は義方から、ご苦労ついでにと用を言いつかり一瞬うかぬ顔つきになったが、すぐもとに戻り、

「実験室の方は、ちゃんと整理ができてますから」

「じゃあ、はじめるか」

義方は、立ち上った。

書斎につづく実験室——そこで義方は、U字形に曲がった鋼鉄の棒で、その中央部に柄がついている器具を、だまって市五郎の前につき出した。が、市五郎はそれが音叉であることなど知らない。
義方はその両端を指先でつまむようにはじき、

「どうだ、澄んだ音だろう」

つづいて、この澄んだ音の音叉にもう一箇の音叉を徐々に近づけた。

「きみ、よく聴いててみたまえ」

なるほど、きこえる、きこえる。

おや、このふるえはわたしの胸。

音叉と、自分のそれが一しょになり……。

その後だった。一文銭を持っているかと義方が訊く。

しかしそれにもまだ上の空で、いまの共鳴に惹きいれられている市五郎を加古川が、きみ、ちゃんと持ってきたのだろうと、のぞき込む。

市五郎はいまさっき加古川から指図され、急いで、書生部屋の行李の底から一文銭を持ってきてはいたのだ。

は、はいと慌てて右手をふところにつっ込み、

「わたしの銭、どうするのですか」

「うむ、実験をしてみせよう」

義方が薬瓶から透明な液を丸いガラスのコップに注ぎながら、加古川と同じようにやはり掌をさしのばす。

こんどは市五郎はなんの抵抗もなく、ふところから紙につつんだ一文銭をとり出し、ていねいに包みをはいで義方に手渡した。

加古川が肩をすくめてうす笑いをし、義方はそれを受けとり、

「いいかい、これをコップに入れるよ」

市五郎がうなずき、ポチャンと音がしてコップの底に沈んだ一文銭のまわりに一せいに水泡が湧く。

「ねえ、こうやって……泡が出るだろう」

「それで、どうなるんですか」

「だまって見ていろ」

と加古川。

なおも、それで……と問いかける市五郎に、これは稀硫酸だが、各種の金属は稀硫酸に溶けて……と義方が説明をはじめた途端、やめて下さい！　頓狂な声をあげる市五郎の顔から血の気がサッと引いたのだった。

義方は急いで一文銭をピンセットでつまみ出して水洗いをし、

「いや、これは失敬。悪かった」

と、いくらか照れたようすで、だが、そのまま、いろんな金属がこうやって水素を発生し

ながら溶けていくわけだと説明をつづけた。
市五郎は義方からもどされた一文銭をにぎりしめながら、(ほんとにびっくりしてしまった、義方先生がまさかわたしの銭コを溶かしてしまうなんて考えもしなかったもので……)と、その一文銭をためつすがめつ眺め、義方が書斎の方へ去っていくとき、ようやく我れにかえった。
と、義方の姿が消えたと見定めるや、なんだ、一文銭がそんなに惜しいか。加古川が冷たくあざ笑う。
やにわに市五郎の胸に、
(そうだ、それはわたしには大切なもの。たった一文の値うちではないのだ、粗末にはできないのだ)
という思いが衝き上げてきた。
ふん、実験をなんと心得ているのか、伊那の山猿め。肩をゆすった加古川は、
木曽へ木曽へと　つけ出す米は
伊那や高遠《たかとお》の　伊那や高遠のなみだ米
と「御嶽《おんたけ》」を歌いながら出ていった。

市五郎は実験室の掃除をしながら、

(実験も大事だ、だがわたしのこの大切なもの、足蹴にされてたまるか、……泣くものか泣くものか)

呪文のように、そう唱えているうちに涙が頬を伝わり落ちてしまった。

裏木戸を開けたとき、うしろの遠くで、ちりちりちりと小さな鈴の音がしたようであったが、市五郎にはそれをたしかめる余裕もなく、東町からほど近い女鳥羽川《めとばがわ》の岸に来ていた。

市五郎は何かを浴びせかけてやりたかった。自分の大切なものをいとも無造作に溶かし去ろうとした義方、それ以上に足蹴にした加古川に。それが口をついて出た、「おんたけ」であった。

市五郎の頬に笑みがうかび、もう一度、
伊那や高遠の　伊那や高遠の余り米《あまごめ》
と口誦んだ。

市五郎のその微笑は、見るものにとっては不逞な笑みとも受け取れたであろう。

わしらの余り米、喰わしてやらにゃ飢え死にしてしまうんじゃ、ははは。それがジさまの口ぐせ。

女鳥羽川は西へ西へと走るように流れ、河岸の猫柳が落暉に銀白の花穂を斜にかしげている。

もしもトッさまが見ていたら市五郎のこの不逞な笑みに「わが祖、中原兼遠をひき継ぐ、これこそ木曽駒の鷹じゃ」と膝をたたいて快哉を叫んだかも知れない。

中原家の祖、中原兼遠は京都より出でて、領地信濃木曽で木曽義仲の幼時、これを扶けた、と史書にある。

代々、主は儀左衛門を呼称して豪腹。農に従い、先々代まで馬三頭、田畑五十町歩を所有して近郷に知られる名主であったが、先々代は母家を改築するにあたって裏手の鎮守の森の神木を切り倒して柱とし天井を張った……と一羽の鷹が舞い込み、儀左衛門は、これは吉兆じゃ！と叫んで雨戸を閉じた。

翌朝、鷹は床の間で死んでいた。

神木を切りたおして家を建てるとは、おっそろしいことじゃ、かならず神罰がありますぞ。

はっは、この儀左衛門に、誰れが罰をくらわすちうのか。

ところが、いざ新築の祝いをとり行おうという夏の日、にわかに大雷雨で、しかも、それは中原家の上空ばかり。天地も裂けるかの如き落雷。ために母家、馬屋、一切が灰燼に帰した。

さすがの先々代も鎮守社の遷宮を思いたち、厩《うまや》のあとに焼死した三頭の馬首を彫った石像を鎮めた。中原家の旧屋敷あと、栗の大樹の下にいまもなお三基の馬頭観世音が在る。

この豪腹をついだトッさま、
「中原家から、きっと鷹をとび立たせてみせるぞ」
それが念願であった。

市五郎のこの笑み。加古川がここに居合せていたら、おそらく実験室での市五郎の不満そうな顔付を冷たくあざ笑ったと同じように、「小癪《こしゃく》な」と吐きすてたであろう。

だが、義方はちがう。

義方は、市五郎が「その銭、かえして下さい」と抗《あらが》ったとき、はっと胸をつかれたのだ。が、あるいはそれは義方じしんの中にあるもの、そうだ、それはあの音叉かも……。

そうして義方は、裏木戸を出ていく市五郎をちりちりちりちりちり、お煙草盆に結った髪の緋鹿の子につけた鈴を鳴らして追っかけては……、案じ顔に足をとめるマユに、おもわず顔をほころばせる。

それは、この日の『診脈』の講義が、
「医ノ来テ診セント欲スルニ臨ンテ之カ為メニ感動ヲ発シソノ脈ヲ変スル者アリ」
と進められて行くほんの一刻のひまに、市五郎の脳裏によみがえってきた去来の出来事であった。

そして、いま――この「感動」に、市五郎は「音叉の共鳴」をすぐに想起した。

市五郎の中には『脈論』の冒頭に教わった「生ノ神」が全身を駆けめぐるとき、それがすなわち「脈動」なのだと捉えながら、それを「生命」にむすびつけることに、恰も鎮守社の神木を切り倒すかのような畏怖がひそんでいた。

その畏怖については、義方にも一半の責任がある。義方は、臍の緒切って初めて一対一の講義をうける市五郎に、

「私の生命を、ここで私は全身全霊をあげて吐露する。その中から、きみが何かをうけとめたとき、私の生命はきみに継承されたものとみる」

と、こうなると、市五郎の中で折角象《かたちづく》られようとしている生命というものも、一ぺんに深い霧にのみこまれてしまおうというもの。

だが、ようやく市五郎の胸の裡に……そうだ、それは『生命』といえると思う、それが息づきはじめたのだ。

(この「感動」とは、相通い合う生命の躍動！といえるのではなかろうか。そうすると、ここでまた義方先生の『生命』の主張を聴くことができはしないか)

市五郎は期待の胸をふくらませ、卓をはさんで対《むか》い合う義方を見た。

そうしてそのうしろ、書斎中央の壁間にかかっている柱時計が、大仰に時を告げたとき、

「あの時計の……『時刻』ということについても、だ」

市五郎は心につぶやく。

市五郎は長野県上伊那郡下平村下等小学校から東筑摩郡堅石上等小学校にすすみ修業している。漢籍の素養――とまではいえないとしても、たとえば「時刻」を「時ヲ刻ム」としてそのまま受けとることができる。

市五郎は『脈論』の第一回の講義のとき、義方の懐中時計に耳を圧しあてて、チチチチとつたわってくる音に、それこそ縷のような「小さな生命」を思ったのだ。そして、いま「脈動」と「時刻」を考え合せ、

(人間の生命を、時が刻むというのか)

と首をかしげ、いやいや、人間の生命が馬の秣をきざむように一寸きざみに庖丁をあてられてたまるか。人間の生命の「時」はチチチチチ、はたまたカチコチと、そのたびごとに、縷のようにかぼそい生命の糸が、太く逞しく成る。そう、きっとそう成るのさ。市五郎は、ゆったりと往復する掛時計の振子を見つめていた。

二

戸田病院は松本から南西二里強の和田村に分院を置いていて、義方は五日に一度の程度で出張していた。いままでは独りで出かけたり、加古川を同伴していたが、こんど市五郎を従れていくことにした。

加古川はそれが面白くない。彼は義方の心のうごきを——それはまだ一言も口にしてはいない義方の意中であったのだが、敏感に肌で感じとっていた。実験室での嫌味もこれに因していたと思える。

こうして五月——、市五郎がはじめてお供をして和田村へ出かけることになり、二人は東町から女鳥羽川の岸に出た。

川は東山の雪解の水をあつめてクリーム色に濁り、水路の中央でふくれ上がっては裂け、ふくれ上がっては裂け、豊かにうねり西へ奔る。

義方は木橋の手すりにかるく手を触れ、

「そうだ、開智学校を観ていくことにしよう」

義方のゆびさす右手に、開智学校の八角塔が春の空に輝っている。

「あれが開智学校だ。まだ観たことないだろう」

義方が問い、市五郎がかぶりをふる。

「おや、みたのか」

「はい、外がわから一度、いや二度。病院の掃除を終えてから見に行きました。でも、ちょっとだけです」

「そうか、ちょっとだけみたか」

千歳橋をわたると、二人はすぐに折れて寺のよこを川沿いに歩いた。

「三年前に出来たのだが、日本一に美しい西洋風の学校だ」

チョコレート色の骨組みに、白い雲がくっきりと浮き上っている。

開智学校は明治九年、松本の大工棟梁立石清重が東京の洋式建築をつぶさに見学して帰り、設計したもの。木造シックイ塗り瓦葺き二階建て。中央に、廻廊をもつ八角塔をのせ、随所に和風建築の彫刻装飾をほどこしている。

市五郎は玄関前に立って見上げた。

二階の破風に、青く浮彫りした『開智学校』の扁額が、双方から羽根をつけた白い天使《エンゼル》によって掲げられている。

「あそこは？」

「偉い人が、あそこに立って挨拶をするのだ」

バルコンのよこは洋風の手すりだが、正面には和風の欄間彫刻がしてある。一階も同じく欄間の彫刻が施してあり、左右の太柱に洋風の軒灯《ランプ》が吊ってあった。窓々には左右三個づつ、白枠をいれたチョコレート色の飾窓が開かれている。

あかず眺める市五郎に、

「こんな学校で、学びたいだろう」

義方が訊き、市五郎はすなおに大きく合点くびをうつ。

「そうだろう。しかし、お前はここに入るわけにいかぬ。松本でも身分の高い藩士の家か、商人でもよほど裕福でないことには子弟の入学は相叶わぬのだ。

だが市五郎、お前は私が教えてやる。この開智学校で学ぶくらいのこと、いや、それ以上の学問を私が教えてやる。いいか」

「はい」

「なあに、負けるものか、のう市五郎」

開智学校の前を通りぬけ、二人は南西、和田村への道に出た。この道は山形村へと通ずる坦らな道路である。

首をめぐらせて開智学校を見やる市五郎に、

「もう振りかえるな、開智学校はお前の胸の中にあるのだ。うしろを見るよりおのれの行く手をしっかりと見定めることだ。そして、こころざしを高く持て」

行く手に、雪をかぶった乗鞍《のりくら》岳が全容を惜しげもなく春光に照らし、

「その志《こころざし》こそ貴いのだ。成る、成らぬは二の次。見ろ」

里にさくらが咲き初め、前山《さきやま》の雪がとけ、若草が萌え出す五月になると、乗鞍岳はこのように鮮やかになる。

「……まったく、なだらかな銀の鞍ではないか」

鎌田の集落をよぎり、水田のひろがる田舎みちを、

「足がいたむか」

「いいえ、大丈夫です」

「左の足で、よかったな。右足だったら、出世しないといわれている。あまり、いい話ではないが……、獣が人を襲うとき必ず右足を、まず狙うのだよ」

「それは、どうしてなのですか」

「そういわれると、洋学をやった私にはちょっと痛いな」

義方は苦笑いをした。右足を負傷したら出世しないということに、義方は何ら科学的な裏付けを持たないままであったから。

「しかし、そう言われている。左は男性、右は女性。それはおそらく仏教からきているので

あろうが、いわば右は……右足は〝母なる大地〟とでもいうのだろうな」

母なる大地――、市五郎はそうつぶやき、右足を踏みしめてみた。すると土ふまずから、やわらかい土の感触がほのぼのとのぼってくる、太ももから胸へ……と。

「それ、そこに」

義方が足をとめ、

「右が姫御で、左が殿御だ」

道祖神が祭ってある。大きな磧石に、中をくりぬいて……、殿御は盃をもち姫御は提子《ひさげ》を捧げ、

「祝言をしてござる」

義方はこういって市五郎をちらと見やり、市五郎は、ぽっと身内が熱くなったが、義方はそれには気づかなかったらしい。

「どれ、私もお願いをしましょうか。いい縁が結べますように」

道ばたの小石をひろい、

「おまえもお願いをしなさい。いい姫御と祝言ができるようにな」

そう言う義方に、

「義方先生は、どういう奥さまをおもらいになるのですか」

「私か？　ははははは。私はもう宜しいのだ。いま私がこの祝言像にお願いをしているのはマアさまにいい殿御ができますように、だ」

「マアさま」

市五郎はつられるように小声でつぶやいた。とたんに顔が火照って耳のあたりまで赤くなり、あわてて首をふった。耳の底で小さな鈴が鳴り、お煙草盆の緋鹿の子が……、被布の菊花のかざり紐と共に、まぶたに浮び上ってきた。

かなたに野火の白いけむりが上った。その野火で義方はどんどん焼きの思いを掻きたて、

三九郎　三九郎

あっちの山から　つんばくら

こっちの山から　つんばくら

お寺の屋根で屁ひって

鷹にけられて泣き出した

と、囃子ことばを口誦み、市五郎は赤くなった頬を両掌で何回となく軽くたたいた。

その日の夕刻のこと。

和田村から、東町に帰りついた二人に、

「おや、マアさまだ」

戸田邸の門前でマユが手を振っている。義方がそれに応え、マユはしばらく手を振っていたが、左手に提げていた小物入れから何やら取り出している。

「ビードロ玉だな」

義方がいうとおり、マユは小物入れからビードロ玉をとり出し、それを右の目の前にかざし、こちらを見ている。

(いつも、ああやっている)

市五郎は、そう思う。

いつぞや、そのビードロ玉をマユが見せてくれたことがある。

「大先生《おおせんせ》が長崎から、マアさまに買ってきてくれたの。長崎って、あなた行ったことある?」

「いや、ない」

市五郎が首をふり、

「マアさまも、行ったことない」

マユも市五郎にならったように首をふり、ちりちりちりちりちり、お煙草盆の鈴が鳴る。

「足がいたい?」

マユが訊き、市五郎が首をふり、それからマユは小物入れから青いビードロ玉をとり出し市五郎に差し出したが、市五郎が手を出しかけると、もじもじと、その手をひっこめ、くちびるを少しゆがめて青いビードロ玉を小物入れに蔵《しま》った。そのとき、加古川が、

あっちの山から　つんばくら
こっちの山から　つんばくら

奇矯な節まわしで近づいて来《き》、マユはとたんに眉をよせ、小走りに去っていった。

「山猿め、色気だけは早う出しよる」

加古川が、吐くようにいった。

その加古川が門前に姿を見せたとき、マユは義方の方に駆け出した。と、義方ら二人のうしろから一頭の馬が手綱を曳きずりながら奔ってきた。

「あっ、危ない」

義方と市五郎は同時に叫んだ。

義方は一旦、後ろむきになり奔馬に対したが、すぐにまた戸田家の方へ、すなわちマユの方に駆けよった。

市五郎も、ちょうど同じように一旦は後ろむきになり奔馬に対し、また戸田家の方に駆けようとした。が、さらにふたたび、その奔馬に対した。

市五郎は大手をひろげた。

それは、もはや足をひきずっては逃げおうせぬ市五郎の最後のあがき……ともいえる。

市五郎の目に奔馬の吐く荒い呼吸と、そのうしろ乗鞍岳の白銀が光った一瞬、奔馬は、ハタと、通りの左ぞいの軒端にぶっつかるように足をとめ、かけつけた馬主に手綱をつかまれた。


「ほんとに、市五郎さんのおかげでございますよ」

老女がそういい、切髪すがたの大奥様も、ていねいなお礼を述べた。

マユは大奥様のよこで身八つに右手をいれ市五郎をまぶしそうに見ていたが、ふっと近よってきて、左手の小物入れからビードロ玉をつまみ出し、

「あげる」

そう、言う。

市五郎は、かぶりをふり、
大奥様が、

「もらってあげなさいまし」

といい、マユが、茶色のビードロ玉を市五郎の胸におしつける。

市五郎がマユの手からビードロ玉をうけとると、マユは大きな吐息をして、

「マアさまも持ってる」

小物入れをのぞきこみ、青いビードロの玉をつまんで見せた。

その夜——、
市五郎はマユと二人で銀色の馬に乗っていた、二人とも羽根をつけて。

それは開智学校の扁額をかかげた天使なのだと、夢の中で市五郎は合点した。

その日から間もなく、

「市五郎では、どうも医者の名前にふさわしくないね」

と、「豊敬」という名前をもらった。

「豊敬……豊《ゆたか》にして敬《うやま》う、よろしうございますね。どうぞ、勉強して下さいまし」

大奥様は、しずかな口調でそう言い、

「いいお医者になり、戸田家を継ぐようになって下さいまし」

と重ねた。

市五郎は、マユと二人で銀色の馬に乗っている夢をたびたび見た。

二人とも羽根をつけた天使になって、ヒッポカラテツの画像の扁額を掲げ、乗鞍岳よりさ

らに高く翔けた。

そうして殿御の盃がいつの間にか茶いろのビードロ玉になり、姫御の提子がいつの間にか青いビードロ玉になり、二人は互にそのビードロ玉を目にあてながら、

　お寺の屋根で屁ひって
　鷹にけられて泣き出した

と、囃子ことばをはやし、野火の白い煙の中でとんだりはねたりした。

こうして、夏が過ぎ、足早の秋、きびしい北風が鳴り、年が明け、戸田家の庭に、連翹が一枝ずつに黄の花を盛りきそう春日となったとき、ハイカラな洋服を着込んだ庄之助が戸田家を訪れた。

それは、まる一年前、義方が、

（あるいは、そいつがおのれの指頭で何もかも自在にあやつっている）

と、そう口にした巨大な傀儡師の使者であった。

生命《いのち》すりあわせて

一

庄之助は市五郎をみると、にわかに相好をくずして、

「いよいよ時節到来だぞ」

という。

市五郎にはそれが何のことか、わからない。いったい、どうしたのと、ぎくしゃくした格好で洋服を着ている兄をしげしげと見た。

「うちの製糸場がたいへん忙しいのだ。それで、おまえは家に帰って職工たちの監督になることに決まった」

庄之助は大きく胸をそらす。

「決まった、と？」

市五郎は目をみはった。決まったと、そう一方的にいわれても、わたしは何も知らないのだ。何もきいてはいないぞ。

「そんなこと言ったたって……。わたしは医者になるのだ」

「いや、おまえにも苦労をかけたが、これからはおれがしっかりと面倒をみてやるからな」

加古川とかいう奴、名門だか何だか知らぬが、もはや士農工商の区別などありはせぬこのご一新に、まだサムライ風をふかして市五郎をいびり出そうとしているらしいが、それならこっちからおさらばしてやるわ。おれが本気で生糸を手がけたからには、大事な弟に指一本も触れさせはせぬ。

「面倒をみてやるって……」

そんな藪から棒に。

「医者の勉強が、やっと本筋になってきたのだ。豊敬という名前も頂戴したこと、報らせてやったではないか。そんなことできないよ、院長先生だって」

……期待して下さっているんだ。大奥様だって、マアさまだって。

市五郎は、きっと院長先生は不承知だと思うよとつづけようとしたが、そこまで言わせぬまま庄之助はおっかぶせた。

「院長先生には、おれがわけを話しておひまを頂くことにする。心配いらぬ」

「そんなこと言ってるのじゃない。わたしは……」

医者の学問を止める止めないということを、そんなに勝手に――、無造作に決められてたまるものか。父も母も、いったいどうしたというのか、あんなに喜んで送り出してくれたたくせに。それにこの兄ときたら、なんでもこの調子だ。

そう……こんなことがあったな。

わたしが三つ、いや四つのときだった。家の馬っこのアオが病気で倒れたあのときだって、わたしはアオを栗の樹の下に埋めてくれと泣いて頼んだのに、兄は他所の家のものがするのとまるっきり同じく、天竜川に放りこんでしまった。

天竜川に捨てられた屍体は、犬だろうと猫だろうと馬だろうと、はては人間の水死体であろうと、流れながれてどこかの淵にひっかかって狼《やまいぬ》の……いや、そうじゃない山のおっちゃまの餌食になるのだ。夜の山を其処まで下りてくるその通り道はちゃんと決まっていて、それは〝犬山道〟とよばれているのだ。そこが山のおっちゃまの食料場なのさ。

（おまえが山のおっちゃまの餌食に）

わたしは厩に横たわったアオの鼻づらをなでながら、からだがわなわなふるえた。

すると兄は、生きた馬が襲われるよりましじゃ、そのためにも餌をば、ほどこしておかねば。

栗の樹の下に埋めてみろ、それこそ山のおっちゃまが天辺《てっぺん》の崖からじいっと見ておって、夜になるとウォーンウォーンとつれだって吠えながら、やってくるぞ。掘りかえして喰ってしまうぞ。ウォーンウォーン、あの吠えたける声に、俺《おら》たちは夜どおしちぢこまっておらにゃならぬ。

それどころか、人間まで巻きぞえになったらたまったものではないわ。

——あのときは、やま犬という言葉さえ避けて忌詞の〝山のおっちゃま〟を使うほどの恐ろしい話なので、わたしは、気もそぞろに、それもそうだと合点したことだが……。

山のおっちゃまで、父の〝拾いっ子〟を思い出した。

父を、いかにも無体な親父、無法者よばわりするが、一見いのほうがよっぽど冷たいかも知れないぞ。

父は高遠からの帰りの日暮れ道で、ひとりぽつんと棄てられている子を、これでは山のおっちゃまに喰い殺されるだけじゃと拾ったはいいが、案の定〝送り狼《いぬ》〟に尾けられ、それで兵児帯といて、だらだらとそれを後ろにひきずり、ほうほうの態で村はずれの刀鍛冶、善十の仕事場に逃げこんだのだ。

父は、村で〝とっつきのカジヤ〟と通称されている竹内善十の仕事場の戸口までくると、ゆっくりと、

「ここがわしんちだで、もう帰れよ」

こういい、直立したまま足の指をつかって草鞋《わらじ》の紐をとき、足をもたげて取りあげた草鞋を、

「そーら、ご苦労だったな」

いま来たみちへ投《ほう》ったら、山のおっちゃまはそのままかえっていった、と。

いまは悴の和久造に家業のカジヤをゆずった隠居の善十が、

「山のおっちゃまが人間の後ろをつけてくるのは、人間を襲うのが目的ではない。珍しいものに対する好奇心からなのだ。草鞋を放りすてるのも、その好奇心をそらすため。

腰を曲げて草鞋の紐をといてはならぬのは、もし不用意に腰をかがめて草鞋を脱ごうものなら、山のおっちゃまは人間が転倒んだと早合点して襲いかかってくるだで、な。それ、犬ころでも逃げたりころんだりする奴に飛びかかってくるでねえか。

おっちゃまは、むかし『地面《じべた》に横たわるものはすべて生命がねえものだで喰ってええ』と山の神様の許しがあったで、そうしとるまでじゃ。焼畑を荒らす害獣を捕えてくれるのはおっちゃまではねえか。山のおっちゃまにも言い分があるとちがうか」

市五郎に、こう話してきかせたものだ。

その拾いっ子が、おキヨばっちゃ。いま東京の芝に居るちうことだ。

それはそれ、一兄いはあんなに……坊主より医者のほうがいい、なにしろ生きた人間が相手だからな、しっかりやれよと言ってたくせに。

「開智学校に上ったつもりで、いや、それ以上に、義方先生から教わっているのだよ」

たったいまでも、あの音叉がふるえ、生命の脈動の講義をはっきりと思い出すことができるのだ。

「なに、開智学校？　へん、東京へ行ってみろ、あれよりももっとすばらしい学校がたくさんある。うんと生糸で稼げば、どんなことだってできる。……よしよし、大丈夫だ」

庄之助はチョッキのポケットから懐中時計を出して、ちらと見た。それから「さあ」と顔をあげ、向かい合った市五郎の左右の肩を両掌で、はたと叩いた。

「院長先生に、すぐ会うことにしよう」


そこは戸田家の座敷。

「そうか、それは残念だ。豊敬くんが糸繰りの監督を、ね」

義方は大きな手のひらで自分の顔を大様に撫でおろし、

「ま、……やむをえぬな」

義方のそのことばが市五郎の胸を冷たく吹きぬける。

なんとか言って欲しかった。なんとかひとこと言って下さると思っていたのに。

「噂には聞いていたが、生糸の相場はそんなに景気がいいのかね」

「はあ、もう高値つづきで一梱《こり》三百円が、はや一千円の声をきこうとしております」

「結構なことだ。金がないのは惨めだからね」

「さようでございます。東京中の蕎麦屋で一銭の盛りかけが一銭二厘に値上りしてしまったのはまたたく間でした。その上、もうすぐ一銭五厘になるということで」

「ほう、蕎麦一杯が一銭五厘もするというのかね。ひどいものだな、東京は」

「それが世の中でございますよ。横浜、東京の西洋景気はもう目ざましいもの、お不動さまだって、そうです。東京の目黒、目白、目赤の三不動はむかしからあった分ですが、ことしの正月に下谷に新しく目黄不動ができました。そしてこんどは横浜の野毛新田に目青不動が出来かかっています。西洋人の居留地に近いところですし、青い目のお不動さまは気が利いてると、もっぱらの評判です」

「青い目のお不動さまか、それもよかろう。しかし、ねえ豊敬くん」

義方が声をかけた。

「きみがいままで学んできた医のこころは、医者をやめたからといってなくなるものじゃないのだ。きみはどういう仕事につこうとも、それをなくしてはならないよ」

義方はやおら上体をそらして床の間の画幅をながめ、市五郎は一度三度小さくうなずき、義方の視線を追った。

床の間に、義方が愛している大和絵の山水がかかっている。

遠く山をのぞむ樹間に座を組み、瞑想にふける僧。

市五郎も、この画が好きだ。

市五郎はこれを見つめていると、知らず識らずのうちに柔和な雰囲気が身内にひろがり、自分じしんがそこで瞑想にふけっているかのように思えてくる。

市五郎には山河の静かなたたずまいに心惹かれるものがあるし、またこの画が伊那の山峡を思いおこさせるせいかも知れない。

いまもそういう気持に浸りながら市五郎は義方の言葉をなぞるように「医者をやめたからといって……」と自分にいいきかせる。

熱いものがこみあげてきた。

静寂がしばらくつづき、それをいたわるように、義方は小声で、

……しずごころなく花の散るらむ

と口誦む。

この和歌は、大和絵とおなじように義方が愛するうたである。

市五郎の身内にこみあげていたものが、どっと堰を切った。

庄之助に一歩おくれて市五郎は千歳橋を渡った。

右手に開智学校の八角塔が見える。

「なにしろ目まぐるしいものだ」

と庄之助。

いったい何が、どう目まぐるしいのか。そのように目まぐるしい世の中だから……一分一秒刻みの世の中だから、わたしにどうしろというのか。

めまぐるしい渦の中にわたしを巻きこもうというのか。わたしの思いを無視されてたまるか。

うつむき加減に歩いていた市五郎が、ふっと立ち止まり、後ろをふりかえる。

と、それに合わせるように足をとめた庄之助、

「そら、あの城の天守。少し傾いでいるだろう」

と、頤《あご》をしゃくる。

「むごいこと、しやがったせいさ」

「なんのこと」

「百姓一揆のことだ、嘉助騒動よ」

貞享三(一六八六)年、秋。城主水野忠直の苛酷な圧政に、中萱村多田嘉助らが一揆をおこして捕縛《とら》えられ、山のふもとで磔刑をうけた。

十一月二十二日。その日、風強く、きびしい寒気であった。まさに処刑——の、そのとき

嘉助はキッと城を睨みすえた。ために、天守は顔をそむけた、それゆえに天守が少しく傾いている、と。

おそらく、それは絵空事であろう。だが綿々と明治十三年のこの日まで、百年余の歳月を語りつたえられている庶民の声も、また絵空事であろうか。城主水野家は、このあと江戸城中で刃傷事件を起こして松本、七万石を追われた。

「お城？　あの天守が……」

わたしが見ていたのは開智学校のありか。

「職工の監督なら作太郎兄いでいいじゃないか」

「いや、作太郎は機械いじりが大好きだからな。あいつが技師長で、お前が職工の監督、おれが横浜に出かける。毛利元就の三本の矢だ、中原家はこれで天下無敵というもんだ」

市五郎はそれにはこたえず、少しく霞がかった東町の空をのぞみ、ふところの三徳袋を胸におしあてる。みぞおちの、そこにビードロのまるい玉。

「さあ急ごう。……いいか、市五郎」

庄之助は懐中時計を出し、

「おれらの相手は横浜、東京よ。いいや、西洋相手の商売だ、目まぐるしいものだぞ。傾いだ天守などに安閑と涙を流したってはじまらぬ」

そうよ、中山大納言さまの奉公仲間でも、そうだった。奴ら、ソレ、ソコノ……ホレ、木曽ノ山猿メ、とサムライ風を吹かしやがって。だが、みていろ、おれが生糸で！

銀色のふち、まるいガラスのおもてを左の手のひらでなぞり、顔に近づける。

ガラスの中の西洋数字。その中の、も一つの小さな丸い輪の中、チチチチとすすむ秒針。

庄之助は右耳にそれを圧しあて、

「世の中は、待っちゃくれねえ」

なあ、と市五郎を見た。

二

なるほど伊那の中原家は生糸高値の上景気で明るく、工場には多くの男女工が糸を繰っていて賑やかだった。

庄之助は市五郎をつれて、彼らの間をぐるりと一まわりしながら説明をする。

「市五郎よ、こんな手繰り製糸の、ちっこい工場に驚いてみたってはじまらぬぞ。群馬県の富岡に官営の模範製糸場が設置されたのは、もう十年も以前《まえ》のことだからな。時代は洋式の機械製糸に移ろうとしているのだ。横浜の糸商が、もし中原さんが工場の拡張をするなら、いつでも全面的に応援しようといっている。だが、おれにはおれの考えがある。だから作太郎は製糸機械の技術研修を、お前は工場管理の勉強を、といっているのだ」

こうして市五郎は、土地の富豪、塩沢が経営する製糸工場、太陽社で見習をすることになった。

太陽社は二百数十名の男女工が働いている長野県第一の、そして日本でも屈指の大工場である。

市五郎が監督見習をはじめたのは、桑の嫩葉《わか》がひらき、淡黄緑の小花が短い穂を垂れて咲くころ。その嫩葉を欠きとることから桑摘みがはじまる。

桑の実が黒く熟した夏、庄之助は横浜に出かけた。

だが、山の樹々の葉っぱが紅、青、紫と粧いをこらす秋になっても帰ってこなかった。

音信不通の庄之助からようやく一通の手紙がとどいたのは、とっつきのカジヤに猟刀《サスガ》をもとめにきた猟師が、

「熊のやつ、山の柿をあらかた盗みやがった。ことしは里のほうも用心にこしたことねえど」

と、それは畑の不作と、それに伴う獣害を意味するのであるが、そうした深秋であった。

庄之助は強気に生糸の買占めをはかり、そのため数万円におよぶ損失を招いてしまった。

この上は、当地にて再起をはかりたく、家業のこと何卒よろしく
下平村の戸長に一切の整理を託した庄之助の文面を目で追いながら、市五郎はふっと、し

ずごころなく……と、あの歌を思いかえし、あのときわたしは、義方先生が市五郎よ、なぜそう散りいそぐのかと、わたしを愛おしんで下さっていると思いこんでいた。だが、あれはあるいは皮肉ではなかったろうか……なんでまあ、そうコチョコチョと落着かないのか、と。

いや、やっぱり匙を投げたのさ。

市五郎の唇はこまかくふるえていた。

なにも、あんなにあわてて戸田病院を辞めることはなかったのさ。

市五郎にもはや製糸工場の監督見習は必要ない。

彼が下平村、天竜小学校の授業生となったのは、それからまもなくのこと。これは市五郎にとって当然のなり行きであった。

授業生とは、いまでいう代用教員。月給、一円五十銭。別に米一斗一升の手当がついた。

同じ授業生に北村菊次郎が居た。市五郎より一歳若い。

その北村が、

「ぼくは正教員の免状をとり、故郷の伊那地方の歴史を一生の学問としたい。中原くんもやっぱり正教員の免状をとるのだろう」

と訊く。

「わたしは……」

そこまで言って、市五郎は後がつづかない。すぐさま北村に返す答えが、でき上っていないのだ。ただ、そのあとすぐさま、彼の脳裏にヒッポカラテツの画像が浮かんできた。

ややあって、

「東京へ行きたい」

そう口にしたことでやっと、自分の思いを確かめえたのである。

市五郎は小学校で、ヨミ、カキ、ソロバンを教えた。

大きい和綴本の輪郭の太い罫の行間に刷ってある木版の文字を、

「子程子の曰く、大学とは孔子の遺書にして初学徳に入るの門也」

と読みあげ、子供らがつづいて御経のようにそれをとなえ、

「二一天作の五、二進が一」

彼が唱え、

「ニイイチテンサクノゴウ、ニッチンガイチ」

子供らがいっせいにつづける。

その合い間に、彼は習いたての短歌をつくった。

授業が終ると北村とつれだって、とっつきのカジヤに出かけた。

とっつきのカジヤ。むかしは刀鍛冶であったが、いまは猟刀、鋤、鍬をつくり、そしてこ

こは村人たちのたまり場でもあった。

北村が出かけるのは、そこにあつまる猟師たちから伊那の動物たちの話をきくため。市五郎は、和久造の従兄が文部省の書記官をしていて、そこへ行けば東京の話が聞けるからだ。だからといって、いつもいつも東京のはなしがあるはずもない。市五郎は、北村がせっせと筆記する猟師や農民たちのはなしをだまって聞く日が多かった。

「枝ばらいのとき、おらが切りかけてやめておいた山梨《ヤマナシ》の枝に熊の奴、のぼったとみえる。鋸の傷のところから枝ごと畑におっこちたらしい。尻もちのあとがでっかい穴になっていたぞ。あの枝の高さから見て、熊の奴、たしかに尻の骨くだいているで。さてどこで呻いているか」

「ほんなら、わさび畑の水飲み場に三朝四朝《みあさよあさ》かよってみべえ」

「子連れ熊は子熊をまもるために人間を襲うだで、子連れ熊を撃つときは必ず親熊の方から撃ちとるわ。もし子熊を先きに屠《ころ》してみろ、まあ、こっちの生命が危ねえって」

「熊は熊なりに生きていかにゃならねえもの。もっともわしら人間さまは人間さまの立場があっけどよ」

「中原くん『くま山さわげ、いぬ山だまれ』は知ってるね」

と北村。

「熊のいる山では騒音をたてれば熊の襲撃から身を守ることができ、山犬(日本狼)のいる山では人間が居ることに気づかれないよう静かに行動すれば、山犬の危難から免れることができるというのだろう」

市五郎がこたえる。

山梨をとりそこねた熊とは、いかにも牧歌的だが、それは山に食料が不足しているゆえの、熊にとっては必死の出稼ぎであり、「凶年には熊が多い」といわれる所以だ。

また子連れ熊の狩猟は、動物と人間との対等のぶっつかり合いであり、市五郎は、故郷の自然の中で、人間と動物とが生命をすり合わせている暮らしを生々しく感じた。

市五郎の授業生活が二年経ち、明治十五年一月、月給五円に昇給した。

そして間もなく、とっつきのカジヤで和久造が、

「雪が解けたら上京するで、なにか東京に言伝てはないか」

と市五郎にいう。

なにか言伝てとは、庄之助が近ごろ東京で巡査を志願したらしいという風評を和久造も知っていたからであったが、

「あなたが？　東京へ」

市五郎はせきこんで訊いた。

「わたしも、なんとかして東京へ行きたい」

「じゃ、庄之助に手紙出して頼めばええ」

市五郎は思わず一息のみこんだ。

庄之助からの頼りは、「年来の官員への夢をとげたく巡査を志願し」というだけで、以後の連絡はとだえたままなのだ。

「おまえは巡査にならねえのか」

わたしは、と市五郎は大きくかぶりをふり、

「わたしは学問をやりたい」

「どうしても、か」

「うん、どんなに苦労しても。東京へ行って、学問をしたい。できれば医者に」

「そうだろうな、おまえは松本で医者の修業をしてたでな」

奥から出てきた善十隠居が、

「あたまのええもんは東京へ行って学問をすることだ」

市五郎を、まじまじと見つめ、

「やっぱり、おめえは東京行がほんとだろうよ」

と言い添えた。

「そんなら、なあお父っつあん。東京の安西さまに頼んでみべえか、どこかの病院で書生の一人や二人、どうにかなるのでねえか」

「文部省のえらい官員さまだでな。いっぺん手紙出して頼んでみろ」

その夜、

「そうか、東京へ行くか」

このところ弱気づいた儀左衛門は、ふかい皺をよせながら、

「作太郎も、出たいというとる」

と、つぶやく。

作太郎は群馬の富岡か、会津福島の製糸工場に行くつもりらしい。

「行きなされ」

そばで、母カツがいった。市五郎は、ぎくりとした。それほど張りつめた語調であった。

カツという名にふさわしい勝気な母、

「いまの中原の家はカツおっ母でもってるようなもんだで」

といわれるとおり、低い背丈ながらいかつい肩、まがった腰、ふしくれ立った手指、その
いずれもが、未明から畑を匐いずり、機を織りつづけ、夜っぴて綴れを刺しつづけた年月の

証しといえよう。

「あとの心配はいらねえ。おらたちに学問しろといったってできねえ相談だで」

「それは、そうだ」

うなずく儀左衛門。

和久造が東京からの吉報をもたらして中原家を訪れたのは四月の末であった。

「東京から――、麻布の小沢っちゅう歯科医に入門できる、とよ。希望なら大至急上京しろ、と。わしは用ができたで、すぐというわけにはいかぬが、おまえはどうする」

「なに、歯科医。ありがたい、わしは行く」

「おまえ、独りで行くか。トコロ番地もわかっとる。行きさえすればええ」

「ひとりで行く！」

ああ行くとも。これで、はじめっからの医の道に戻れる！

とたんにチチチチチ。胸の奥で音たてはじめた、それが、みるまに大きく胸いっぱいに脈動する。

カツが信玄袋を持ってきて、

「さ、これに荷物を詰めろ」

といい、

「へえ、もうでき上っていたの」

市五郎はおどろいた。

行きなされ、といったあの夜、

——庄之助兄いが自慢げにいった西洋行李。あれはいくらもはいんねえよ。信玄袋にかないっこねえ。これはおらが嫁入ったときに持ってきたものじゃ。底の籠はまだしっかりしたもんだが、袋が古ぼけてしまったな。おまえが東京さ提げていくには、もちぃと派手じゃねえと、のう、よっしゃ、おらが張りこんで、この袋のキレを織ってやるべえ。

それから……だ。いつもより威勢のいい機の音がトントンカラと。夜具のなかで夢うつつに聞いたそれ、針仕事をしていたそれが、この信玄袋。ざっくりとした手織の手ざわり、しみじみ撫でまわす市五郎に、

「東京さ行って、しっかり仕上げておくれ。そのために『来い！』というたら、いつでもどこへでも加勢に行くでな」

カツは、なにかに挑むようにいう。

「いよいよ行くぞ」

市五郎は北村にいった。

「念願の東京行だ、ね。ようやく実ったというわけだ。ところで君んとこのジさまの、あの鷹のことだが……ぼくにはわかるような気がする」

「吉兆じゃと戸を閉めてしまったあれか」

「あれは『この吉兆、逃してなるものか』というジさまの執念とちがうか。世間では片一方だけをとりあげて指弾するが」

「執念……」

「そうだ、ぼくには笑えない。いいや、そうありたいと思う。そしてきみにも同じような……」

「わたしの東京行か」

ジさまの鷹のはなし、いままでこんな考えた方は、したこともなかった。わたしが北村に惹かれるのは、ここのところらしい。

「頑張れよ。ぼくはここで伊那の自然と人間のかかわり合いを勉強する。これがぼくの執念だ、ははは」

北村はそのとき、

「人間が自然を支配するなどと大それた所業ではなく、自然の山河にとけあって生きていく、そういう生きざまを確かめたい。ぼくはそれを誓うよ。これがぼくの、きみに対する唯一のはなむけだ」

と、それは彼が市五郎にそれまで幾度となく訴えた言葉であったが、そして（わたしが北村に惹かれるのはここ）と述懐はしながらも、（ただ一つ、これだけしかない）という北村のはなむけを深く掘りさげるゆとりを市五郎は持っていなかった。

それほど市五郎は上京の心にはやっていた、挑む思いに駆られていた。

そうした北村のそのはなむけを市五郎が自分じしんへの問いかけとするには、市五郎はそれから永い歳月をつみ重ねなければならなかった。

市五郎は上京した。

教えられたとおり、日本橋の旅籠に投宿した。

その夜、市五郎は寝つかれぬままに短歌をものした。


行きてよき人となれよと励ませし額の皺のなつかしき父

市五郎の心ははずんでいた。

明日からはじまる、きびしいが輝かしい未来。たとえ茨の道であろうと、それに耐え、それをのり越え、のり越えすすむ自分の健気な姿を脳裏に描きつづけた。

そこには——生き馬の目を抜くという東京の雑踏の中を、一匹の好奇の目をむける送り狼《いぬ》さえなくさ迷いつづける己の姿などあろうはずはなかった。

東京の坂

一

　あくる日、夜明けを待ちかねるように市五郎が旅籠を出ると、通りにはまだ朝靄が残っていて、ほの白い紗《うすぎぬ》の彼方からかすかに物売りの声がきこえてくる。それを耳にして、彼の頬に微笑がうかんだ。伊那の草刈りを思い出したのである。

（そうだ……、伊那では八月になると、どこの家でもまだ夜が明けきらぬうちにわが家を出て、草刈り場で朝をむかえる。

　わたしたちは、あの山間《あい》の畑で、

　——山のおっちゃまに襲われると困るで、夜が明けるまで木にのぼっておれ、
母にそういわれて、畑近くの木にとりつくわたしの尻を作太郎兄いがパンと叩いて、ソーラ早ウノボランカ。つづいてとりついた作太郎の尻を庄之助兄いがパンとたたいて、ソーラハヨーノボランカ、山ノオッチャマガ腹ヘラシトルゾ。

　そうしてわたしたち三人はキャッキャャッと騒ぎながらおのおの足場をかためた木の上から、おもむろに荒々しい雄姿をあらわす天竜川のかなたを見つめるのだ。）

靄はまたたく間に消え、たったったっ、足音が近づき、「あさりィ、しじみョウ」と、それは深川、佃あたりから大川を越えてやってくる貝売り。威勢よく天秤がしない、ばいすけが宙におどり、市五郎を追いぬいてゆく。

麻布、鳥居坂——。

旅籠で番頭が、

「ええ、その鳥居坂いったいは鳥居兵部さまのお屋敷だったのだそうですよ。そこは潮見坂の真西《まにし》で、お多福坂があって……。なあに潮見坂もお多福坂も東京にはあちらこちらにたくさんありますがね。海が見えるから潮見坂、でこぼこ道でお多福だからおたふく坂……なんて。

江戸っ子はなんでもかんでも簡単にやっつけちゃいますからね、お墓のそばだから幽霊坂、昼でも暗いからくらやみ坂。こちとら忙しいんだ。深くはつきあっちゃいられねえっていうわけで。

もっとも将軍さまが命名した坂だってあります。湯島の聖堂が落成したとき、五代将軍の綱吉さま、あの犬公方《いぬくぼう》さまが命名なさった聖堂の下の坂——昌平坂、あれは孔子さまの故郷が昌平郷というところから、お採りになったのだそうですが、どうもこれは高尚すぎてかなわぬ。それにこの坂はよく転ぶわいというわけでいつの間にか団子坂になっちまいました。

あなた、お足が悪いようですが、東京って町は坂が多くって難儀でございますよ。ああ……そうだ、いいことがあります。あなたの下駄にひょうたんの絵を描いておけばよろしい。そうしておけば転ばないんだそうです。ですから、ころびやすい坂にはひょうたん坂と名づけて、こうしておいたら足場の良い坂になるだろって寸法です」

と話してくれたのだが……。

下駄にひょうたんの絵を描いておいたら、ほんとに転ばぬまじないになるのだろうか。

番頭が言ったとおりだ、東京という町はなんと坂の多い、埃っぽいところだろうと、絵図をたよりにたずねあてた小沢家の表玄関に立った市五郎は、いや待て！　思いなおして、すぐさま内玄関へと、横手、石だたみの細路に入った。

(戸田病院では、庄之助兄がたしなめてくれたのだったが……。あのときはまだ子供だった。わたしはどうしても、この小沢家に入門して歯科医になりたい)

応接に出てきた女中に、市五郎は深々と低頭をし、わたしは文部省の安西書記官どのから紹介をうけたもので……と挨拶をのべ、三ツ指ついた女中はまた丁寧なお辞儀をかえしてひき退った。

そして、しばらくして書生が顔を出し、

「あなたの件は、もう済みましたよ」

と市五郎を上から下へとなめまわすように見る。

「済んだとおっしゃいますと？　わたしは長野県上伊那郡……」

「それはわかっています。安西書記官どのにも、ちゃんと報告してあるはずです。そちらのほうでお聞きになってはいかがですか」

「そう言われましても……」

「残念でしょうが」

と、まったくとりつく島もない。書生はすでに採用ずみであったのだ。

「では、小石川の安西さまのところに行ってみることにします」

たしかに残念だ、しかしこの小沢家に咎はない。とにかく小石川にゆくことだ。

内玄関を出た市五郎はいま来た細い石畳をもどりながら、

（安西書記官からどうして伊那の和久造のところに大至急連絡してくれなかったのか。あるいはわたしの出発と入れ違いになったか。それらのことも、すべて安西家で聞けばはっきりすることだ。だが……）

と足がとまった。だがそれで一切が終りになったら大事《おおごと》だ、と不吉な予感がおそったからであったが、強気にそれをうち消したとき、窓のそとに声が流れてきた。

「あの方、どうなるのかしら」

「そんなこと知るものか、彼奴がもしも入っていたとすれば、おれらの仲間の誰かが一人、蹴おとされていたわけだぞ」

「それはそうですけど、可哀そうにあの方、行李もってたわね」

「へんな情けをかけていると、こっちの寝首を掻かれてしまうぞ。相手の寝首を掻くくらいの覚悟がなくちゃ、この世の中、渡っていけないぜ」

「じゃ、これで、寝首を掻かれないで済むのね」

いまさっきの女中と書生である。

あの丁寧な応対をした女までが！

市五郎の胸に、闘志がつきあげてきた。

その闘志にゆさぶられながら、

——小石川原町の祥雲寺という大刹《おおでら》を目あてに行く。そのほど近く、空にとどくかのような欅の大樹がある、それを抱きこむようなお屋敷だ、と和久造が教えてくれていた安西家をめざして急いだ。

いくつもの坂を上り、下り、橋を渡り、どれくらい時間が経ったろうか、ようやく中天につっ立つ一本の巨木が見えてきた。

——墓地の高台から急な坂を下り、そのまま次の高台にとりつく上り坂があって……

和久造の言葉どおりの場所だ。

それにしてもあの巨木は、肌の灰褐色はともかくとして、緑の葉っぱの形も、枝々の伸び具合も欅とはちがうようだが、と胸をつくようなでこぼこの坂をのぼりはじめた。

左足のくるぶしから大腿にかけて激痛が奔った。それは先刻から反復している痛みであったが、こんどはさらに激しかった。ひと息いれて、足をひきずりながら上りつめ、やれ、ようやく着いたぞ、このお寺が祥雲寺……、ここで一服してそれから安西どののお屋敷へ、と左手の山門を仰ぐ。

覚了山　世尊院

と、ある。

とたんに、またも左くるぶしから刺すような痛みがかけのぼり、市五郎は山門の傍らにうずくまってしまった。

「どうかしましたか」

白衣の小僧が立っている。歳は、かぞえて九つか十くらい。

「足首が、ちょっとね」

市五郎は小さく首をふった。

「よかったら、庫裡に入ってお休みください」

「いえ、このままで……。すみませんがしばらくここで休ませて下さい」

ひろい境内である。右手に幹のまわりが両腕で抱えて二まわりもあろうか、亭々とそびえる巨木があり、真正面に方丈。大屋根が甍をそらして輝っている。左手が庫裡らしい。

小僧はしばらく、まじまじと市五郎を見ていたが、

「もしかして、あなたは信州のお方ではございませんか」

と、のぞきこむ。

「そうだが……」

「やっぱり。私も長野県上水内郡《かみみのち》のものです」

「なに上水内郡、じゃあ善光寺の方だね」

「若槻村田子《たこ》の生れです。ご存じですすか」

「う、うん」

(わたしが、おヨキばっちゃのトコロ番地を書きうつしているとき、父が、

——おヨキは上水内郡のナントカいう村の生れというとったぞ、善光寺の在方のほう……

で、
と、そう言っていた。たしかにカミミノチといっていた。おヨキばっちゃと同じ在方のものか、この坊《ぼん》さん)

「……善光寺の在方に親類があるんで、ね」

市五郎の口から、思わずこう言葉がついてでた。

「もっとも、その親類はいま東京の芝に居るのだが」

市五郎の脳裏に——彼の記憶には何一つないおヨキなのだが、かねてうっすらと象《かたち》づくられていた顔貌が、いまにわかに鮮かになっていく。それは、このぼんさんによく似た顔かたち。

「芝ですか……、遠いですね」

「信州ほど遠くないよ。それで、あなたは、どうして……」

ここは本郷、団子坂上、少年は池田元八《もとはち》。

この——徳川五代将軍綱吉の寵愛をうけたお伝の方が祖を弔うために創建したという天台宗の名刹、世尊院の第十五世、中興の現住職、波母山《はもやま》圓潤権大僧都は、縁つづきの少年を去年、長野から法弟としてむかえた。市五郎より八歳年下の明治八年生れ。

この少年が、後年の第十六世圓暢僧正である。

この日、市五郎は世尊院で昼食の馳走をうけた。

庫裡うら一帯に孟宗の竹林がせまり、ときおりザザザッといっせいに吹きなびいたかとみると、競うように頭をもたげ髪をふりみだす。

「とんだお世話をかけてしまいました」

「なに、施餓鬼だよ」

大柄なからだを白い法衣につつんだ圓潤は、ゆっくりと境内に歩をはこびながら市五郎を見送る。

「この大木は欅ではありませんね」

「なんだ、伊那の者のくせに何も知らんのだな、榧《かや》だ、榧の木だよ。これで何百年ここにつっ立っているのか、な。さあて、いつの頃から……か。そうだ八百屋お七の吉祥寺の大火は眼下に見ているな。公方さまが中野に犬小屋を建てたのも聞き知っているだろう。もちろん上野の戦争にも見舞われた。

わしは明治六年にこの寺の住職を仰せつかったが、ご一新の変革で、江戸城をお開きなさった太田道灌さまの領地と境を接していた広い寺領も寺禄も悉く失い、残ったのはわずかに裏手の竹林だけ。堂宇は荒れはて、竹林の狸がちょくちょく庫裡をのぞきこんでいたよ。貧乏のきわみだった、みじめなものだった。それらのいっさいをこの榧は知っているのだ。

今日、やっと伊那の青年に施餓鬼をしてやれるようになりました」

圓潤は榧の大木にむかって合掌し、その姿のままゆっくりと見上げた。

榧は中天に枝々をさし伸ばし、常緑の葉さきを萌黄に染めている。

「菊人形の頃に、いらっしゃいよ」

少年がいう。

「菊人形を見て、坂下の菊見せんべいを買って、それだけで帰ってはだめだぞ、世尊院に寄っていかなくっちゃ。榧の木がちゃんと見ているからな、はは」

と圓潤。

市五郎は小石川原町の安西家へと向かった。

安西家では――、妻女が出てきて、伊那の竹内善十あて、取消の書信をとどけたとのこと。

「それは大変でございましたね。でもがっかりなさらないで、お仕事をお探しになることですわ。宅のほうでも、またお力をお貸しいたしましょう。連絡先はどこでございましょうか」

「芝の方に叔母がおりますので、そこにひとまず落着きまして……」

そう言うつもりではなかった。わたしは安西さまのご指示にしたがって、小沢家で歯科医の修業をする覚悟で上京したのです。こうなってしまっては、次の……どこかの病院に入門できるまで、安西さまのおうちで書生をつとめさせて下さい、とそういう言葉を用意していた。その言葉が「連絡先は?」と問われて、思わず返事がとびちがってしまったのだ。

「では、そういうことにいたしましょうね」

「は、はい」

市五郎は、自分のとびちがった言葉が腹立たしく哀しく、しかし、どうぞ宜しくと頭を深

く下げ、安西家を出て、角の大きな欅の根元に、投げ出すように信玄袋を置いた。そうして、彼が腰を下ろしたとたんに、

「おい貴様、そこで何をしている」

巡査である。右手の三尺棒を左掌に打ちあてている。

「くたびれました」

(庄之助も、あるいはこんな格好で巡回しているのか。

庄之助兄いよ、わたしは少々へこたれたよ。

安西さまの奥さん、わたしが「芝のほうに叔母が」といったら、ほっとした顔をしてたな。

いや、わかっているよ)

市五郎は今日《きょう》いち日たしかにくたびれた。人間の表と裏に。人間の表に対い合い、すばやくその表を返して裏を見きわめる、そういう操作に、くたびれた。

いや、表裏《おもてうら》を冷静に見きわめるには、あまりに山だしの青年であったゆえかも知れぬ。そういう疲れであった、そういうへこたれかたであったのだ。

「なに、くたびれた? なるほど、わっはは。東京に出てきたばかりのようだが、行くあてはあるのだろうな」

「はあ」

大きくうなずいて、

（行くあては、あるといえばある、ないといえばない。わたしは歯科医の修業をするために東京に出てきた。そうして、それから先のことをあんたに言ったところで何の解決になる）

市五郎は頭を抱えこんだ。

二

そこから芝区神明町まで。

紅梅坂という横道の坂を下りながら、高みの白い花に、あれは卯の花かと立ち止まり、その坂をぬけて右手に曲ろうとすると、とたんに左手から突風が吹きつけ、市五郎は、ずずと擦《ず》りおろされた。

坂は大きな通りだ。ぐっと下りになっていて、いま市五郎に吹きつけた風がまるく砂ぼこりの輪を描きながら、坂下、淡路町の方へとまっしぐらに駆けくだる。

（伊那ではこの頃の風を「麦の秋風」というんだ、それは北村が教えてくれたもので、しゃれたよび名だねとわたしは感心したのだが、東京ではなんと言うだろう「ごみっ風」とでもいうのか）

市五郎はまたも吹きつける突風に背をまるめながら、いまはもうおヨキばっちゃだけが頼りだと坂を下っていく。もはやそれ以上（そうすると、この坂はおヨキ坂か）などとそんなことを考えるゆとりなどありはしない。

じつは、おヨキの住所をひかえておいたのは、彼にとってはほんの控えのつもりであった。小沢家にしても安西家にしても、手前勝手ではあったがこういう対応をうけるとは予期していなかった。

（わたしが甘かった。東京に出たい！　と、あまりに一途にはやっていたのだ。しかしいまはもう、おヨキばっちゃ――だけ。おヨキばっちゃは……大丈夫だろうか？　ダイジョウブさ！　そうとも）

彼のなかで世尊院の少年僧とそっくりの顔かたち、おキヨの姿がしだいにふくらみ、ふくらみ……、次第に市五郎の足どりが軽くなっていく。

ようやく、おヨキの家を探しあてたのは、夕刻に近かった。

そうして市五郎が名のったとき、

「よう似とるで、中原のおトッさまに」

頓狂な声をあげたおヨキは、立ちすくんだまま、涙をながした。

亭主の伴作は親の代に信州から出てきた石工で、増上寺お抱え石商の職人であった。

その夜、おヨキは、人のよさそうな伴作と、市五郎を前に、

「以前に庄之助さまが来て下さったことがあります。しかし私たちはごらんのとおりの貧乏ぐらし。庄之助さまはびっくりして一晩で逃げ出してしまいました。市五郎さまはその分までここに居て下さいね。私がこの世にこうして生きているのは中原のおトッさまのおかげ。ご恩は決して忘れません、忘れたら犬畜生にも劣るもの、こんどこそご恩返しをさせてください」

と、語りつづけ、伴作はしきりにうなずき、独酌でのんでいる。

市五郎は酒がのめない。しかし何かに酔っていた。今日まる一日すっかりくたびれた。そうしていま人間の情けに酔っていた。

だが市五郎は、(小沢家で耳にしたような――へんな情け、ではなくても)いいえ、真心でかけられた情けであればあるほど、受けてはならないときもある。明日からすぐに職をさがすことにしなくてはと、その日ぐらしといえるおヨキ夫婦に目を伏せながら、心のなかでつぶやいていた。

「あのとき、なんで一生けんめいにもてなしをしなかったか、どんなに貧乏をしていたって、かけがえのない生命の恩人が来て下さったというのに、私たちが甲斐性がないばかりに……」

おヨキが掻きくどく。伴作はひざをあわせ、その両ひざの間に左右の掌をさしこみ、頭を垂れた。それから市五郎をちらと盗み見、いま下したばかりの盃を、こんどは肩ひじを張ったかっこうでかかげた。

それから時間としてはいくらも経っていない。伴作が頭をもたげた。

「ご一新？　それが、どうした、いってえ何が変わったってんだ。公方さまをぶっつぶして薩長がのさばってるというだけじゃねえか」

「ちょっと、おまえさん！」

おヨキがあわてておしとどめる。

「銭《ぜに》？　銭がどうした。おれはそんなこと、くどくど言ってるんじゃねえ。公方さまの菩提所だからって増上寺を目の敵にするこたあねえだろう、え、石塔になってからまで朝廷方、幕府方の区別はあるまい、おい、おヨキ、そうじゃねえか」

「はいはい、そうですよ。ホトケさまに、どこのホトケってカワリはありませんよ、ねえ市五郎さま」

「そ、そうですとも」

「なんだと！　かんたんに知った顔しやがるな。その年齢《とし》でわかってなどいるもんか。え、銭は無《ね》えよ、でもねえ、銭では買えねえものがあるんだ、だからおれは親方に付いているんだ」

伴作のいう親方とは、増上寺お抱え石商のこと。増上寺がご一新で陽の目を見なくなり、給金が入らなくなって、所属の石工が一人減り二人減り……して、いまは伴作ひとりが付いているだけ。

（いまは意地みたいになって親方についていて、入った日銭を酒代にするあけくれです。なに、酒がはいっていない時はほんとに猫のようにおとなしいんですがね）

おヨキはつぶやき、

「あいよ、そのうちにまた陽もあたるさ」

と相槌をうつ。この相槌が伴作の気にさわった。

「べらぼうめ！　おれはそいつが欲しくて、つとめてるんじゃねえや、おれはどういう時節になろうとも、まっとうな石工でありてえんだ。ただの石ころがホトケになるんだぜ、え、おヨキ、わかるか。ねえ中原の若さま、そうじゃござんせんか、え、それがわからねえんだったら、とっとと出ていって下せえ」

「い、いや」

市五郎はどもり、

「ここにおいて下さい。そのはなし、聞かせてください」

と、にじりよった。

伴作が親方にたのみこんで鋳版工の職が見つかるまで四、五日はかかった。

海運橋近くの印刷所である。市五郎についてきた伴作は、橋のたもとまでくると、

「あれが国立第一銀行でございますよ」

と、ゆびさした。

対岸に西洋式五階造りの建物が、まるで松本城を洋風にしたように堂々と構えていた。

足が悪い市五郎には都合のいい、動きの少い作業であったが、なにしろ紙型に鉛を流しこんで鉛板をつくるのだ。狭苦しい作業場で熱気はむんむんする、それに季節は夏をむかえた。朝七時から夕方六時まで働いて日給十二銭。昼食弁当が三銭。おヨキの家に納めたい食費代も出ない。

これではどうにもならないと思案している市五郎に、さらに災難がふりかかった。熔かした鉛をひっくりかえし、大火傷をしてしまったのだ。

幸いに、半月あまりで回復したが印刷所の方は、とうにお払い箱になっている。

そのあと、おヨキがさがしてきた仕立屋に住込んだ。六人の弟子がいたが新米の市五郎は雑役と雑巾縫いである。

兄の庄之助がたずねてきたのは、そのころ。東京湾から吹いてくる潮風に秋の気配が見えはじめていた。

庄之助は中原家からの連絡で市五郎の現状を知ったのであるが、彼はやっぱり巡査になっていた。

「いくら足腰をつかわない仕事だとはいっても、仕立屋とはひどいもんだぜ。おれがなんとか口をさがすよ。それに、おヨキのところに余り無理させてはいかぬ。それくらいのことお前だってわかるだろう。といって、おれもまだ合宿所暮しの身分だし、な」

庄之助は日本橋、新右衛門町の巡査合宿所に寄宿している。

「それはよくわかっているんだが」

わかってはいたが、どうにもならなくておヨキ夫婦の情けにすがっていたのだ。

「なんとかしなくてはと思ってはいるのだよ、兄弟子の女郎買いのはなしばかり聞かされてはたまったものじゃない」

仕立屋は、それら女たちが上得意のお客であった。

こんなわけで、庄之助が神田、東紺屋町、松斎小学校授業生の職をもってきたときは、

「ほんとか！　ありがとう」

と市五郎の声は上ずっていた。

「市五郎様、おめでとうございます。もう、しめたものですよ、ええ、もう」

わがことのように喜んでいたおヨキが、ふっと声をひくめた。

「これから偉くおなりになっても、市五郎さま、どうか、この長屋には遊びに来て下さい。どんなご馳走をお食べになる身分に出世なさってもたまには私のうちの目刺しを思い出して下さいね」

「なんで、忘れるものですか」

(この厚い情けを忘れはしない。わたしは、そんな男ではない)

その夜は、おヨキの家で庄之助も同席して就職の祝いをした。

東紺屋町の松斎小学校では一部屋をあてがわれ、食費付で手当、月五十銭。

校長以下、市五郎をいれて三人の教師が学級をかけもちで授業をした。

イト　イヌ　イカリ
と読本を教えると、つぎの時間はべつの学級で、茶色の部厚い表紙のナショナルリーダー、巻の一、アルファベットを覚えさせ、それが済むと、
イット　イズ　ア　ドッグ
と口うつしに声をあげて読ませた。

そして夜になると、松下町の私塾誠信学舎で英語と漢学を修学した。

この誠信学舎に高知出身の高橋逸馬が通っていた。高橋は市五郎より五歳年長で、やはりほど近くの布施小学校の授業生である。

市五郎と高橋とは、馬が合うというのであろうか、すぐにうちとけあった。高橋の無防備の洗いざらいぶちまける態度に、市五郎は会うたび、日に日に惹き入れられていくのだ。

「土佐の高知のはりまや橋ではないのだが、なにしろぼくは高知からぽっと出の田舎ものだろう。まず、

大志を抱く青年よ、来たれ！

と、この広告にワッととびついたのさ。まあ、コンペイ糖でも喰えよ」

高橋はふところから、ちり紙にくるんだ煎り豆をとり出す。この頃、書生語でコンペイ糖は煎り豆、卵焼きはタクワンのことであった。

「なに？　うん、浅草の北三筋町、徳盛館と称するナンデモヤさ。いわば一日口入屋だな。主に新聞の下請け販売だ。それに号外売り。号外は新聞社の無料奉仕だから、そいつを一手にひきうけて一枚いくらで売る、いや売らせるのだ。依頼があれば、使い走りでもなんでもやりますよというわけで、ぼくもなんでもやらされた。東京に出て三カ月間、そこに通勤していい、ただ働き。おまけに身元保証金までまき揚げられたのさ、はっはっは」

高橋はいきおいよく市五郎の肩をたたいた。市五郎は叩かれた拍子に思わず涙が出た。それは、いやというほど叩かれたそのしびれるような痛さのせいではなかった。

三カ月ただ働き。おまけに有金のこらずまき揚げられ、しかもいま何の鬱屈したものもなく快然と呵々大笑するこの男！

この気性を、市五郎は有難いと思った。

東京ニ朋友《トモ》アリ

と、思った。

その感慨がほとばしり出たのであった。

漂白

一

高橋は、市五郎が誠信学舎を休むと、すぐさま「どうした」と、やってくる。

この夜も、

「なに、足がむくむ？　教師という商売は立ち働きだからな。どれ、みせてみろ」

と、あぐらをかいている市五郎の足をむずとつかんで、うむ、これはひどいぜ、よし、お灸をすえてやる、待っていろ、と立ち上った。いつもこの調子だ。市五郎が遠慮をするひまもない。

まもなく戻ってきた高橋が、お灸ならぼくにまかせておけ、貴様はこのマルマル珍聞のポンチ絵でも見ていろ、なかなか気骨《ほね》があるぞ、と艾《もぐさ》の紙包みとは別に一枚の新聞をふところから取り出した。

「発刊之辞には尤もらしく、

――江戸の故風《むかし》は偖《さ》て置て、今新らしき於東京絵《おどけえ》を入れて摺り出す新聞は、彼の西洋ポンチ絵てふ洒落た模やうを見真似せしものにはあらで……

と謳っていたが、その実ポンチ式そのものだ。ぼくは、それでいいと思う。メリケンであろうがエゲレスであろうが良しとするものはどんどん採り入れて自分のものにすることだ。それを一々気にして言い訳をするのは気にいらぬが、自在に政治を批判しているぜ」

それは、――かつて高橋が有金のこらず巻きあげられた徳盛館のはなしをしたとき、あれはまったく馬鹿げたことだったが、おかげで新聞だけはよく読めたよ、中原くん、マルマル珍聞というの知ってるか？　いや、まだ。そうか、そいつはポンチ絵新聞なんだがね、それを見るとぼくはぼくの考えがひとりよがりではないと確信がもてるのだ、そういう示唆をあたえてくれる、なんというか西洋の自由の風とでもいおうか、それがぼくのこころに颯と吹きこんでくるのだよ。そう思うと徳盛館では金とからだをしぼりとられたが、ぼくは摂るべきものはとったというわけだ、はははと笑った――その政治漫画の新聞である。

「不時《ふじ》の紳士《しし》狩《が》り……か、ははあ例の福島事件だな」

「去年から今年二月にかけて、福島県の自由党と農民への県令三島通庸《みちつね》の弾圧はすさまじいものだった。三島は会津若松から新潟・栃木・山形三県に通ずる三方《さんぽう》道路の開設に着手、県会の動向を無視して関係する六郡の農民に強制的に労役を賦課した。すなわち十五歳から六十歳までの男女に二年間、毎月一日の夫役ないしは代夫賃を強制した。当然、県会は河野広中《こうのひろなか》議長を先頭に県令提出の全議案否決でこれに対抗したが、三島は内務卿山田顕義《あきよし》の許可を得て、去年六月、代夫賃徴収を開始したのだ」

高橋は自由民権運動に委しい。

「自由党と火つけ強盗は管内におかぬ、と三島は豪語したというではないか」

「そうなのだ、そこで会津地方の農民は県内外の自由党員の応援をうけてはげしく抵抗した。なにしろ福島県は明治八年河野広中らが石陽社《せきようしや》を設立して以来、関東・東北の自由民権運動の拠点となっていたからな。かくて三島県令による農民指導者の逮捕を機に激昂した農民数千人は『自由万歳』『圧制撲滅』の蓆旗《むしろばた》をおしたて大挙して逮捕者の釈放を迫ったが撃退され、三島はこの機に乗じて河野以下四百人の自由党員と、会津だけで五百人もの農民を一斉に逮捕した。今年の二月、その主だった五十八人が国事犯として東京に送られてきたのだ」

「それがこの富士の巻狩りか。大きな自由鼠の鼬《いたち》が河野で、その背に乗って短刀をふりかざしているなまずひげの黒服が三島県令だな」

市五郎は、

——頼朝公は威風堂々と虎の威をかり衣《きぬ》に小具足着け余り下をひね栗毛の馬に跨がりせい談巌金の採を振り廻しながら大音あげ鼬と見たらば用捨は入らない捕《から》めて差出せ縄が足りず褌《ふんどし》外《はず》して縛《しばっ》て持《も》て来《こ》いと下知をしたか堂だか何れにしても不時の狩立で混雑々々

と新聞の文章を読みあげ、

「明治十六年二月二十四日……というと、わたしはまだ伊那の山峡《やまかい》に居たよ、吹雪の荒れ狂うころだ」

と、新聞の日付をあらため、その目はまた喰い入るようにポンチ絵に注がれている。

「大した風刺だな、いい度胸だ」

「小林清親だよ、幕臣のはしくれらしい」

「小林?」

と市五郎は頭をあげた。

「江戸さいごの浮世絵師といわれている奴だ。すばらしい絵があるぜ、雨中の新大橋、柳橋夕景、海運橋第一銀行など、ね」

「海運橋? あちち、熱いぞ」

「辛抱しろ、灸を据えるからには少しは熱いさ。自由の歌でもどなって我慢しろ」

「よおし、やるか! あちち……天には自由の鬼となり、地には自由の人たらん」

市五郎のそれは歌っているというよりも、さながらお題目をとなえている風だ。

「貴様もいっぱしの壮士になったな、はは」

高橋が艾に線香の火をあてる。

「伊那の山育ちのわたしも、きみのおかげでいくらか政治というものが分かってきたよ。なんじ中原市五郎よ、すべからく自由の人たれ、とね、あちち」

市五郎の足のむくみは脚気であった。彼は青年時代の長期間をこの病疾《やまい》で悩まされたが、それはどっと寝込まない限りは療養などと、そんな贅沢はいっておれない毎日であったのだった。

明治十七年――

東京で、はじめての正月をむかえた。

足のむくみは収まったが、風邪をこじらせてしまった。ひどい高熱になった。あまり長びくので、市五郎は松斎小学校の部屋をひきはらって外神田佐久間町にある高橋と同郷人の家の二階で養生することにした。一ヶ月あまりを療養して再起した。その間に松斎小学校には代わりの授業生がつとめていた。街は鹿鳴館に於ける婦人慈善会のはなしでもちきりであった。

さて、どうするか。自由民権もいいが、まず喰い扶持を捜さなくては。

市五郎が思案にくれているとき、高橋が朗報をもってきた。

「きさま、実業家というのはどうだ！　錦町に大蔵省の銀行事務講習所がある。ここに入所して二年のあいだ勉強して卒業すれば、すぐに政府の銀行に勤めることができるそうだ」

銀行はわが国にとってはじめての事業だ。だから、大至急に銀行事務を講習する必要がおこり、明治七年四月、横浜の東洋銀行の書記だった銀行学士、英国人アルレンシャンドを紙弊寮に招聘して銀行諸般の事務に関して講習させた。それをひきついで大蔵省が講習所を開設しているのである。

「これは天の恵みだ。ぜひ受験したい。必ず合格してみせるよ」

「その元気だ！　ひとつ頑張ってみろ」

すぐさま市五郎は錦町の講習所に出かけて規則書をもらった。そうして一ヶ月が経って行われた選抜試験に合格した。

発表の夜、高橋は市五郎と、それに新右衛門町の合宿所から庄之助をよび出して、連雀町のあんこう鍋で祝杯をあげてくれた。

「合格通知をもらいに行ったら、事務所に清親の絵がかけてあったよ、海運橋国立第一銀行の、ね」

それは海運橋をへだてて天守閣のような高塔をもつ五層楼の和漢洋折衷の建物が、白雪に粧われている光景であった。往来には人力車が走り、蝙蝠傘をさした人、それに番傘をさした女のうしろ姿があった。

「いい絵だね」

「そうだろう。それに今日の貴様にとっては、思いひとしおというものだ」

市五郎は伴作にともなわれて行ったあの日、遠くのぞみ見た第一銀行を思い出していた。それから、あの大火傷のことを。

しかし、それはたちまち掻き消え、かっての五層六階の松本城にとってかわり、いま、角塔が高くそびえる開智学校が鮮やかに彼の脳裏に描かれていた。

（あそこに入りたいだろう。だが、お前は入るわけにいかぬのだ——と義方先生は言ったのだが……。わたしは入った！）

彼にとって開智学校も第一銀行も、いまは同じように思えた。

（とうとうやった、東京に出てきたかいがあったぞ）

という感激でいっぱいだった。

「二年間、勉強をする。そして銀行にはいる。きさまならば刻苦勉励、必ず頭取か、さもなくば大実業家だ。これは保証する。ぼくの目に狂いはない。今夜はぼくのおごりだ、そのかわり貴様が頭取になった日にゃ千倍二千倍で返してもらうぜ」

高橋はわがことのように喜び、浮き浮きとしゃべりちらした。市五郎は高橋の言葉に、何度も相槌をうちながら、あんこう鍋をつついた。

講習所では「銀行大意」「銀行簿記精法」と銀行学の諸学科をみっちりと教わった。市五郎は、一度為そうと決心すれば究極まで遂行する性格であったから、講習所の課業の方は順調であった。だが松斎小学校の授業生を辞したいま、収入のみちは途絶え、手持ちの金はすっかりなくなってしまった。庄之助も余力のあるかぎり助けてくれた。高橋にも、これ以上の援助はたのめない。散髪代はおろか、湯銭にさえ事欠いているありさまだ。金がないのは惨めなものだ、と戸田義方がいったことを市五郎はしみじみと思い出したことであった。


「伊那に帰って学資をなんとかしてくる」

市五郎は決心した。

「しかし、かならず出てこいよ」

高橋が、のぞきこむ。

「もちろんだ」

高橋の手をかたく握りかえして、市五郎は東京を発った。

七月。一年半ぶりに接する駒ヶ岳の雄姿、天竜川の荒々しさであった。

「なに、銀行員になる、と。よし、やれ！　どうあっても出世するんだぞ、それくらいの金なら工面をしてやるわい、のう作太郎。これを機会に中原家を立ち直らせるのだ」

父、儀左衛門が、もとの威勢のよさにもどっている。それが市五郎には救われる思いであった。

「和久造は、嘘をついたのだな」

カツが吐き出すようにいう。

「そういうわけではない。きっと連絡が行き違いになったのだよ」

市五郎がこたえた。

「東京でポツンと一人ぼっちになったときは泣きたいほどだったろうな。おらはそれを聞いて……」

カツは無骨な掌で顔をおさえる。

「でも、こうやって元気な顔を見せたのだから。それに、もう安心じゃないか。五十円くらいなら私が都合をつけるよ」

次兄の作太郎が朴訥な人柄そのまま、ぽつりぽつり言葉を区切るように言った。

「兄さんも相変らず、機械いじりを……」

「うん、繭の乾燥装置をもちょっと改良できぬものか、とね」

カツが、

「作太郎兄いは、こんど特許をとるんじゃぞ」

と口を挿む。

「え、ほんとか」

「あるいは、そうなるかも、な」

「大したものだ、兄さんは」

「だから作太郎兄いは心配ないて。おまえと庄之助が東京で仕上げてくれさえすれば」

「大丈夫だ、お母さん。わたしも二年の間しんぼうすれば……」

つぎの日、北村菊次郎がやってきた。市五郎が出てみると、北村は作太郎の仕事部屋でしきりに話しこんでいる。

「蚕の繭を見ていると、私は心がふるえてくるのだ。外側のこちこちの硬い殻にまもられて、蛹が……手を合わせた、祈るような格好で……。そうだ。自分の生命を抱きしめているのだ。この中で一つの純らな生命が流動している、躍動している。そうしてひたすらに純らな糸を紡いでいると思うと、ぐっと胸にせまってくるものがあって、あやうく涙が出そうになるのだ。その生命の糸を、けがれなく紡がせてやらねばならぬ！　そう思う」

作太郎はこう言って目をつむった。

「でも虫害には困るでしょう、あれはどういうことなんですか」

と北村。

「あれはねえ、ウシバエの卵を桑の葉と一緒にカイコが喰ってしまうんだ。そいつがカイコの体内で幼虫になって繭から脱け出すときに繭に穴をあけてしまう。だからそれを防ぐため幼虫が匍い出さないうちに早めに乾繭《かんけん》させるわけだ」

「いま、ふっと思い出したのですが……インドの古い本に『食物は生命維持の基本であり、そして死の原因でもある』と書いてあるそうですが、それはこの虫害のはなしにも当てはまるものでしょうか」

北村がそう問いかけたとき、

「食物が死の原因でもある――と。なるほどね」

市五郎が、彼らの間にわりこんだ。

自分の脚気が米食のせいで、麦飯を常食すれば恢復するということを聞き知っていたからである。

「その乾繭装置の改良をあなたが為さる。内なる一つの躍動する生命を守り、純らな絹を紡がせるために外側の殻を乾燥させる――それでこそ文明開化、ですね」

作太郎と北村の対話に、市五郎は耳を、心を、そばだてた。

これは蚕や繭に限ったはなしではないぞ！

「インドのその古い本って、いったいいつ頃のものかね」

市五郎は訊いた。

「紀元前四十世紀頃、ということだ。なんでも、ずっと後になってこの本から精神的なものを抜き出したのが仏教なのだって」

「いやぁ、北村くんは勉強家だ」

「なに、ぼくにとって食物は必然的に毒でもあるという見地は、文明開化を知る上で重大事なのだ」

「相変らず、やってるね」

「そうとも、一年半前にきみに誓ってはなむけしたように、ぼくは人間のまっとうな生き方を一生、勉強しつづけるだろう。人間も動物も草花もひっくるめた宇宙の中の一つひとつの生命をみつめて……ね」

しばらく間をおいて、市五郎は言った。

「やっぱり、とっつきのカジヤに行っているのかい」

「ときどきね。だがな、猟師たちがむかしほど彼処に集まらないのだ、和久造さんが細工ものに凝り出したんでね。あの人、きみのことで随分気に病んでいるよ」

市五郎が北村と一緒に、とっつきのカジヤに行くと、和久造は鹿の角に仕上げのみがきをかけていた。

「ほう、立派なものですね」

「東京からの注文だ、いい値になるんだ。小石川の安西からえろう失礼したと言うてきた。

こんど、おらが東京へ行ったら、あんたと会いましょうな」

別れ際、和久造は、達者でなと快活に手をあげた。

市五郎も、うんそうしようと笑顔を返したのだが、なぜかぎこちない別れになってしまった。

二

なか一日を故郷の山河に親しんで、市五郎は上京した。

「五十円の金子はここにある。だがこの金で二ヶ年間の銀行事務講習所の修業を支えることは不可能だ」

市五郎は言った。

「それで……」

と高橋。

「このあと、学資調達のあては皆目ない。だいいち、何ものかをあてにすることじたい、わたしのとるべき方途《みち》ではないのだ」

「じゃ、貴様のみちとは」

「銀行員になることは、やめにした！」

「そいつは残念だな、それで、どうする?」

「新しく踏み出すさ」

市五郎が、とつぜん歌い出した。

　自由よ自由　やよ自由
「そうか、政治家になるのか」

高橋が立ち上った。市五郎はつづけた。

　汝と我が　その中は
　天地自然の約束ぞ

市五郎は、再び授業生として浅草猿屋町の田辺小学校につとめた。

だが、また脚気が再発した。それでも市五郎は腫れた足をひきずりながら授業をつづけた。

親切な小使が、

「中原先生、あなたがいくら我慢づよいといってても無茶ですよ、温泉にでもいって養生しなくっちゃ」

という。

市五郎も、もうこうなったら身体づくりが第一だと、校長に面会して休職を願ったが、

「きみの湯治代まで勘定に入れて月謝をとっているわけじゃないよ、その月謝でさえまともに集まらないんだ。退職するなら退職すると、はっきりけじめをつけたまえ、そんな生半可な気持で、教育のしごとはできないね」

と、まったく受けつけない。

「貴様の病気はぼくのお灸ぐらいではだめだ。思い切って草津にでも行って、有金のこらずはたいても身体をつくってこい。ぼくが徳盛館ですっからかんに巻き揚げられたのからすれば、合点のいくことではないか」

高橋が、けしかける。

「よし、そうする！」

市五郎は明治十七年の深秋を草津温泉で療養し、元気を恢復した。その代わり、懐中は帰途の木賃宿の宿泊費すら心細いものになり、深谷からは先払いの人力車で神田の下宿にかえり着いた。

「貴様も豪傑になったぜ、はははは」

高橋が肩をゆすって笑い、市五郎は貧乏ゆすりをした。

十一月――。芝公園うらの儒学、川崎義門の塾に寄宿し、愛宕下町、仙台屋敷内の鳳生小学校の授業生となった。月給四円五十銭。

川崎塾は府下で有数の漢学塾である。また、芝二本榎の中井塾に通った。中井鉦太郎は慶応義塾の教師である。市五郎はここで簿記、英語を学んだ。

この間も、市五郎は高橋と共に築地新栄町の演説会場兼撃剣道場、有一館にかよって自由党壮士の演説を、ヒヤヒヤとか、チェストとか掛け声をかけながら聞いた。

板垣退助の「われに自由を与えよ、しからずんば死をあたえよ」という獅子吼もきいた。それは、岐阜遊説の際、刺客に刺され「板垣死すとも自由は死せず」と絶叫した日から二年後のことである。

時事新報の主筆、福澤諭吉が「人間の仕事は政治ばかりではない。青年よ、よろしく浮わついた政治思想の夢から醒めて、実業に志すべし」と青年へよびかけたそれに、市五郎があらためて心をかたむけたのは、この後のことであった。

「貴様も、そうだったか。じつはぼくもそのことを考えていたのだ、ぼくは実業家になるよ」

高橋が応えた。彼が群馬、富岡の官立製糸場の監督として入所したのは明治十八年、春のこと。

それから間もなく、市五郎は芝区白金三光町の有隣塾に入門した。

もちろん鳳生小学校授業生の方はつづけていたわけだが、市五郎は高橋を富岡製糸場に送り出してからは落ち着かない日々がつづいた。朋友と遠く離れたという思いもある。だがそれだけではない。高橋はついに実業家たらんとして起《た》った、然るにわたしは……と、いかにも後れをとった思いが襲ってくるのである。

庄之助が一大快報をもたらしたのは、このときであった。

「作太郎が機械人力車を発明したぞ。おれは巡査をやめて、これに打ち込む。おまえも代用教員などやめてしまって、これにまっしぐらにとびこんだらどうだ」

という。

「機械人力車って、いったいどんな機械なんですか」

「読んで字の如し、機械で動く人力車だ」

「あの人力車というやつ。福澤諭吉が『予がアメリカより持ち来れる乳母車を見て、その制をとりたるものなり』といっていますね」

「いやいや、作太郎のはなしではそいつは福澤の何んでも元祖になりたがる悪いくせの法螺らしいぞ。ま、それはどうでもいい。じつは横浜には四人乗りの人力車が走っている。ところが、それは四人乗りの四輪車を二人の車夫が前後について走らせているだけだ。作太郎は、こいつを、あの自転車の要領で動かそうというのだ、しかも手動で……」

「自転車のように？　手動で？」

「おれは神田の団子坂……そうよ、聖堂下の昌平坂を、西洋人が前輪はばかに大きく、後輪はまたいやに小さい二輪自転車でスイスイ上っていくのを見て、びっくり目を見はったものだが、さすがは作太郎、すぐさま試作しているのだ、それも実物大だぜ」

「へえ、作太郎兄いはやるねえ」

「おまえは一つひとつ、しっかり確かめなくちゃ気が済まぬ男だから試作品を見てから決心していい。とにかく、そいつを見てみろ、おまえも必ず納得するよ」

そこで市五郎は庄之助とつれだって、築地の作太郎の下宿へ出かけた。

試作の運転車は精巧にできていた。

「この運転車で引っぱられる車台の方はまだ作っていないが、これは車台の四隅に柱をたてて、そいつに横木を架け、天井と左右に布を張る。ふつうの四人乗り人力車そのままだと思えばいい」

と作太郎は説明した。

機械人力車は自転車のペダル式に動く仕掛けになっていて、それは手動であった。

「手動で動きますかね」

市五郎は訊いた。

「走るよ。百聞は一見に如かずだ、実験してみよう」

作太郎がこたえる。

「よし、おれが人力車を四台、すぐに借りてこよう。こういうときは巡査が役に立つ」

その夜――、運転車に四台の人力車をつないで、試運転をした。作太郎の手動で走る四台の人力車は、しんとしずまった夜更けの道路を徐に動きだし、やがて勢いを増していく。

「どうだい」

作太郎は胸を張った。

市五郎は鳳生小学校をやめ、庄之助は巡査を廃業し、中原機械人力車製造会社の設立準備にかかった。

作太郎に庄之助が同伴し、雛形をそえて警視庁に願書を出した。

ところが、警視庁からは何の音沙汰もない。しびれを切らして伺いに出向いた作太郎が、肩を落して帰ってきた。不許可になったというのだ。

「どうしてですか」

市五郎が訊いた。

「学理に叶っていないというのだ。だから人間を乗せて動くはずがない。その上、危険が伴う、と」

「そんな馬鹿な、ちゃんと実験してみて動いたじゃないか。実物大のやつを持っていって、おれたちの実験を見てもらおうじゃないか」

庄之助が息まく。

「まいったよ」

作太郎がしょげかえり、

「なるほど学理に叶っていないってねえ」

と市五郎がうなり、

「ばかめ！　感心する奴があるか」

庄之助がどなった。

「私はやっぱり蚕を相手の方がいい」

作太郎は、福島の製糸場にもどった。

「おれも東京におさらばするよ」

庄之助もとりあえず福島に同行した。

市五郎は、また授業生の職探しをはじめた。しかし、まもなく夏休みをむかえる小学校に新しい職はなかなか見つからなかった。そのうちに、また脚気がぶりかえした。

東京にもようやく秋の気配がたちはじめて、九月半ば。福島の作太郎から一通の封書がとどいた。

――県立養蚕学校の入学式が九月二十日に行われる。旅費を同封するからすぐに出発せよ、とある。

二十日といえば、もう数日に迫っている。ところが下宿代は滞り、ほかに借財もある。その上、足のむくみだ。市五郎がせっせと支払いの工面をし、体調をなんとか整えて福島にむかったのは十月の声を聞いてからであった。

（十日やそこら遅れたって、作太郎がなんとかしてくれるだろう）

と市五郎はひそかに考えていたのだが、入学式は予定どおり、定数満員で九月二十日に行われ、課業はすでに進められていた。

「なんとか、ならないものか」

「駄目だろうが、とにかく学校に行ってみよう」

作太郎は市五郎をつれて学校に泣きついてみたがどうにもならない。

「しかたがない、しばらく待っていなさい、私がどこか製糸場の口を探してやるから」

こういうわけで福島の旅籠に逗留した。

三日が経った。

夜になって番頭がやってきて、

「あなたは石陽社の先生でございますか」

と訊く。

「いや、石陽社のものではないが、好意は抱いている」

「やっぱり自由党の先生ですね、ヒヤヒヤだ」

その番頭が、次の日、

「離れ座敷に逗留して治療をしていらっしゃる歯医者の先生が、あなたにお会いしたいということです」

という。

「へえ、どうしたっていうんだろう」

「なんでも自由党にゆかりの先生らしく、あなたが夜になると演説の稽古をなさっているのをご存じなのですよ」

その夜、市五郎はその、旧高田藩士大川清という歯医者と面談した。

部屋には歯科用の道具がたくさん置かれてあって、消毒薬の臭いがこもっている。その臭いが戸田病院のむかしを懐しく思いおこさせた。

じつをいうと市五郎は歯医者とこのように膝をつきあわせて対座するのははじめてであった。

(歯科医の修業をすべく上京したが、東京では一度もその機会を得なかったのに、福島に来てこういう呼びかけをうけるなんて……)

そういう思いをめぐらせる市五郎の胸は、大川清が自由民権運動における激化事件の一つ、かの高田事件の首領赤井景韶《かげあき》の一族であることを知ると、さらにふくらみ、たかぶった。

「歯医者はいい仕事ですね」

市五郎は言った。

「いい?」

「はあ、『人間救け《ひとだすけ》』だし、第一、争わなくてすみます」

「そう、争わなくて済むこと、疑われなくて済むことだけはたしかだ。少くとも、政治のように血の雨は降らぬものね」

大川のはなしぶりは、自分に語りかけるつぶやきのようにも聞こえた。

この大川との出会いが、その後の市五郎の一生の道を決めることになった。

中原市五郎は純然として日本の土壌に芽生え、日本で生育し、そして開花した日本歯科医学の大輪の華であるといわれている。その彼に歯科への第一歩を踏み出させた場が東京ではなく、東北、福島の地であったという事実は象徴的である。

大川は自分の膝で患者の頭を支え、治療をした。義歯は黄楊《つげ》の一枚板で彫刻した。

「わしは大小をすてて中年からの修業だが、きみは若い。勉強さえすれば西洋流の歯医者になれるのだ。わしを乗りこえて立派に仕上げて欲しい。同業には銀台の歯をつくる者もいる。

その人にも紹介しよう」

市五郎を助手にした大川は、新しく一戸をかまえて治療所をひらき、多忙の毎日であった。

福島ではその年の十二月末で治療を打ち切り、大川は郷里、高田に帰った。市五郎も同行した。

「西洋流、御入歯」の看板をかかげて、大川の治療所は盛況であった。

市五郎は大川の許で、次の年、明治十九年いっぱいを過し、明治二十年をむかえた。

高田の深い雪がようやく融けはじめる四月――、郷里の村役場から徴兵検査の令状がとどいた。

大川に別れを告げて帰郷の途についた市五郎が、長野に宿をとったのは四月十五日のこと。

その日から急に天候が崩れ、再び酷寒に舞いもどったかのようにはげしい吹雪となった。

次の日も、ふぶいた。

その吹雪に籠る日が重なり、市五郎にまた脚気の症状がおこったが、こんどはどうも悪化しているらしく、呼吸《いき》ぐるしい。ようやく吹雪が収まった日、彼は医者の診察をうけた。

医者は脚気衝心の危険をつたえ、当分の間、絶対安静をするよう命じた。

旅宿で、二週間をすごした。

路用の金子も尽きた。

彼は久しく音信のとどこおっていたわが家に便りを書いた。返信は母の名前でとどいた。北村の代筆で、そこには五円の為替が同封され、父儀左衛門の死が記されてあった。

四月十五日――、あの吹雪は伊那の天地にも襲いかかったらしく、その中で儀左衛門は卒中で息をひきとったという。

父の訃報は、市五郎の病いを再びぶり返らせてしまった。

それから三日間を、長野の旅宿で静養した。いや、医者からそれを命ぜられたのである。

あわれわが漂泊の身よ旅空に父の逝きしを聞きて哀しき

手帳にこう書きとめる市五郎に、また新しい悲しみがおそいかかってくるのであった。

この道をこそ

一

明治二十一年、初秋のことである。
市五郎は、九段坂下に「皇国西洋入歯」の看板を掲げた岡田三百三の代診として、牛込出張所をうけもっていたが、夕刻、彼が患者の診療を終って治療室の整理をしていると、高橋逸馬が飄然とやってきた。
「おや、高橋くんではないか、どうしたのだ？」
市五郎は、びっくりした。彼が高橋の来訪に目を見はったのには、それなりの理由があるのだ。
それは一昨年のこと——、
市五郎は福島で歯科医大川清と出会って「この道を」と決心し、いよいよその意志をかためた彼は、雪の高田から何はともあれ富岡の高橋にあてて、
この出会いこそ、わたしの一生の道を決めることに相成り候、この事を誰よりも貴殿にお報らせしたく……

と書き送った。ところが高橋から、

浅草観音か、あるいは芝公園地の広場で、貴様が朴歯の下駄をはき、

——さあて、お立合い、御用とお急ぎでないお方は……、四枚が八枚、八枚が十六枚、十六枚が三十二枚……ふっと散らせば比良の暮雪は雪降りのすがた

と大刀をふりまわす恰好を思い浮かべただけで涙も出ない。中原市五郎の、かつての覇気はどこへいったのか、もはや香具師の群れに堕ちた貴様にあたえる言葉はない、絶交だ。

という手紙がきて、それっきりであったからだった。

そのとき市五郎は雪明りの中で高橋の便りを読みすすめ、

「香具師の群れに堕ちた貴様……か」

と思わずつぶやいた彼の唇がキュッと引き緊り、

(たしかに現在は、そう云われても止むを得ないところがある。事実、そのような指摘をうける輩もいる。だからといって、わたしがそうだというものではないではないか。わたしは違う)

深い雪につつまれた窓そとの森としたたしずもり、

(わたしがこの道をすすむからには！)

市五郎の眼差しがキラリと光る。それは己れの力によって「香具師の群れ」と指摘されている歯科界を改革するのだという意志の煌きであった。

彼が高遠町でうけた徴兵検査で、足の病疾のために免役になったとき、

「今度こそ！　東京で成し遂げてみせる。ぜひとも歯科医になってみせるぞ」

と決意した彼の胸の底に、この煌きがふかく秘められていたのである。

さて、こう決心をした彼は、

（三度目の正直だ！　こんどこそは尻尾を巻いてのこのこ帰ったりはできぬぞ。しかし東京でほんものの歯科医になる勉学をするためには資金が必要だ。まずカネをつくらなくてはならぬ。そのカネを、なんとか自分の力でつくりたい。はて、どうすればいいか。それには――、たった一つだけ、方法がある。わずか七、八カ月の経験ではあるが、わたしは歯科の治療ができる、入歯だってできる。よし、歯科医を開業しよう）

市五郎はこの決心を母カツに打ち明けた。

「それはいい、だがこんな田舎の下平ではどうにもならぬ、ひとつ赤穂《あかほ》の叔母さんに相談してみよう。赤穂の町場ならきっといいのではなかろうか」

こうして赤穂で諸式屋『吉川屋』を営む叔父中島長三郎の店の間を借りて開業することになった。

この開業は、じつは明治十八年三月、内務省甲第七号を以て「入歯歯抜口中療治接骨等営業者取締方」が布達され、これら業者は明治十六年十月改正の歯科医術開業試験を経るにあらざれば新規開業は不許可、という条項に該当していたが、未だこの省令は徹底していなかった。また何分にも、当時はまだ日本の歯科の揺籃期であり、それに、ところは信州伊那の辺地。現代的な判断はあてはまらない。

市五郎は檜の一枚板に自ら筆をとって「西洋流御入歯」と書いた。彼は生来、書が巧みであった。巧みというより剛健な筆勢で、後年『駒山』と号し、書家としても一家を為すほどの風格をもっていた。その檜の一枚板の看板を吉川屋の戸口にかかげた。

北村菊次郎がわが事のように奔走し、「入歯、治療、抜歯、義歯」と、それに各々の料金を書き並べた木板刷りの広告を町場の要所要所に貼りつけたり、付近の家々に配る作業をうけもってくれた。

「吉川屋の甥御で、東京帰りの西洋入歯師が開業した。若いが大した腕前だそうだ」

それは一日で赤穂の町いっぱいにひろがり、

「西洋入歯師というのはどんな恰好しているだ？」

と吉川屋への用のついでに、のぞき込む奴。

「これ、おらの歯だで」

と抜けた自分の歯を何本か持参して入歯を乞う者。評判は、すぐさま近隣の村々に拡がった。

「市さんは偉い大先生だで」

たるんだ頬を、ぶるりと一振りする叔母に、母カツが、患者に渋茶を接待しながら、

「東京で修業してきたんだもの」

と鼻の穴をひろげる。

市五郎は昼の診療が終ると、夜は赤穂の青年たちの教師に早がわりだ。ナショナルリーダー巻一を教本に、

「口を半開きにする、よろしいか。そのまま、のどから声を出す、えー、えー、みんな一緒に、はい、エー、エー、エー」

とＡＢＣの発音からはじめた。

この授業に北村も大いに賛成し、北村が「文明開化」の講義をした。それは西洋の学問を日本人はどのようにうけとめるべきか、という問題にまで及び、市五郎は町の青年たちにまじって北村の講義を聞いているうちに、

（これは、わたしが教わらなくてはならない学問だ）

と、あわてて筆記しては講義が終ったあと北村に質問をし、二人の討論はたびたび深更に

およんだ。

市五郎は、北村の日常生活のはしばしにうかがえる瞑想の姿勢に、ふっと戸田義方先生の書斎に掲げてあった大和絵の山水を思い出した。それは——遠く山をのぞむ樹間に座を組み、瞑想にふける僧であったのだが、北村の求道者ともいえるそれは市五郎の内なる魂をひたに揺さぶるものであった。

その年が暮れ、明治二十年の春となり、二百円の貯金ができた。

（これだけあれば、当分のあいだ東京で勉学ができる。よし！　上京しよう）

市五郎が決心のほどを述べると、

「こんなに繁昌しているのに……」

と叔母は残念がり、叔父は叔父で、

「何の不始末をしたわけでもないのに、とつぜん東京に舞い戻ったら、皆が不審に思う。その不審にわしはどう言い訳をすればいいのか」

と腕組みをして考え込む。彼ら夫婦を母カツがけんめいにとりなし、

北村が、

「いつになるか、それはわからぬが県視学さんの紹介状をもらって東京の先生にいままでの研究をみてもらうために上京することになると思う、だから、こんどは僕が東京で世話にな

るよ」

と、市五郎の出立をにこやかに見送った。

市五郎は高橋逸馬を前に語りつづける。

「上京すると、わたしはすぐに京橋の伊藤歯科治療所をたずねた。赤穂で新聞広告に出ていた書生募集を見て応募していたのさ。うん、書生も二人いたし、患者も相当にある。

――きみ、どのくらい出来るかね、とにかく働いてみたまえ、万事はその上のことだ。

院長がそういう。ところが、住込んで二週間経っても給料の給の字も言ってくれない。どうでしょうか、わたしの給料は。

――なに、きみの給料？　冗談じゃない。ほんとは此方から伝授料を貰わなくちゃならんのだが、ま、きみの朴訥な慇懃さに免じて湯銭と散髪代で月五十銭というところだな。

わたしは、この院長、大したことはないと見きわめた。ああそうですか、一応そう答えて、その夜、むかしの、ほら高橋くんよ、きみの知人の……神田佐久間町の下宿にまた転がりこんだというわけ。

そこでわたしは考えた。こうして歯科を志したからには第一流の先生から指導をうけるべきだ、とね。そうなると、何といっても高山紀斎先生ということになる。それで、わたしは高山先生の門を叩いたのだ。

え？　大家？　そう、大家も大家、高山紀斎という御仁《おひと》は日本の歯科界でまず第一指に挙げる大先生なのだ。そうと決心したからにはと、翌朝早く、芝伊皿子《いさらご》の高山先生邸を訪問した。取次の書生が上から下へ見おろし、わたしは信州の青年中原市五郎と名乗りをあげ、書生は、誰かの紹介状でも持ってきたのか、なに、何もない、仕様がないなあ、が、まあ、いちおうお伺いはして見ようと、奥にすっこんだが、すぐさま出てきて、今日は面会はお断りだとのことだ。それはそうだろうが高山大先生をしたって折角やってきた男だ、ぜひ先生にお目にかからせてくれ、同じ書生仲間ではないか。わたしはねちっこく訴えながら、はじめて上京したときの鳥居坂の一件を思い出したことだったよ。へんな情けをかけていると、こっちの寝首を掻かれてしまうぞと嘯《うそぶ》いていたあの書生と、相槌をうっていた女中のことを、な。

しぶしぶ、も一度奥にすっこんだ書生が出てきて、いま先生は来客中だから面会はできぬ、とのことだ。それじゃ、いつなら宜しいだろうか。そうだ、な、明朝にでも来てみたらどうか。

その明朝――。ところが先生は朝早くお出かけ、と。じゃ何時ごろ、お帰りか？　そうさ、な、夕方になるだろう。そんなら夕刻、というわけでその夕刻。まだお帰りにはなりません。それでは、ここで待たせてもらいましょう。玄関に腰を下したわたしの耳に、どうやら此処の主、高山先生らしい声、だがどうにもならぬ。

ではまた明朝——と。その明朝、いったい貴方の御用は何なのですか、と書生。じょ、じょうだんじゃない、それははじめっから判り切ったこと、高山紀斎先生の御指導を仰ぎたいと日参していることくらい、きみだってすぐに判断できるだろう、先生にそう伝えてくれ、わたしは声高にいい、また奥にすっこんだ書生が、お気の毒だが現在、門下生は採用しない、また下僕も間に合っているとのことですとの返答。下僕も間に合っているとは全くもって恐れ入ったね。そこで高山紀斎先生は、わたしの方で縁切りさ。そのあと、銀座通りを颯爽と二頭だての馬車を走らせている紳士に『あれが歯医者の高山先生だ』と指す声でわたしははじめて高山先生を知った。まあ、天下の高山紀斎先生もこの中原市五郎を見落したことは一大失点だったな、はははは。

それから日本橋の倉成歯科医療所。ここはまた、——はあ、オッペケペの壮士芝居をなさるお方かと勘ちがいしましたよ。ごらんのとおりの弱輩、私はあなたを教授するほどの学問がありませんでな、と体よく断わられた。そのあとのことだ、いまの岡田三百三先生との出会い——、となったのは」

ところで、「ねえ高橋くん。わたしはきみに釈明しておきたいことがあるのだ」

市五郎は高橋逸馬の方へ膝をたてなおした。すると、

「それはもう、いい」

と、あわてて高橋が手をあげる。

「きみはよくても、こっちはよくないのだ」

「いや、わかった」

「わかってなど、いるものか。たしかにいま、わたしはまだ歯科医の免状はとっていない。だが歯科医術開業試験を受けて必ず合格し、立派に免状をとり、その上できみに報告して絶交を取り消してもらうつもりでいたのだ」

「そのことで、ぼくはまずきみに謝らねばならぬ。ぼくはきみが目指している歯科医のことを詳しくは知らない。で、きみが歯科医になると聞いて、てっきり松井源水の独楽まわしか、長井兵助の居合抜……と早とちりしてしまったのだ。だって、ぼくらが知っているのは彼らの歯磨粉売りや歯医者のしごとだろう。このとおり、あやまる」

高橋逸馬はいかにも恐縮したようすで、大袈裟に両手をついて謝る。

（いつもなら、貴様！　と呼びすてにし、大概のことは、ははははと腹をゆすって笑いとばす此奴が……）

市五郎は、

「ま、待ってくれ、わかってくれればいいんだ、実際、いまの歯医者の大半は香具師といっても間違いではない」

あわてて高橋の手を取りあげた。

治療室の窓そとを、赤とんぼがさらさらと音たててよぎり、

「貴様が居合抜にまで堕ちるとは考えられないものな、はははは」

もはや、高橋はけろりとしている。

「ありがとう。ところで、どうしたんだ、富岡のほうは」

「やめたよ。そしてまた東京に舞いもどってきたのだが、そうなるとどうしても貴様に会いたくなってたまらぬ。で、貴様の兄さんに住所を聞いてのこのこやってきた。それで中原！ぼくは蚕糸業雑誌を発行しようと計画している。貴様、ぜひ一役かってくれ、名文をものにして欲しいのだ」

「名文か」

市五郎が苦笑すると、

「アイ、シー」

高橋はそう言ったあと、右の人差指を自分の鼻先に挙げ、それから西洋人がよくやる……いいえ、西洋人の恰好をまねてハイカラな日本人がよくやる……、胸の内ポケットから懐中時計を出し、それを宙にかざして時刻を見、それから、やおら時計を内ポケットに収めるしぐさをした。そのあと、肩をすくめてみせ、

「オーライ、アイシーアイシー」

市五郎は両掌のそれぞれの親指をたて、それを自分の左右の脇の下に軽くあて、気どったさまで胸をそらせた。

そのとき、

「中原のぼっちゃま！」

おヨキばっちゃが治療室の戸をガタピシと開けた。おヨキの顔色は真蒼《まっさお》。亭主の伴作が危篤の息のなかで、市五郎を呼びつづけている、と。

「じゃ、また」

市五郎は高橋に声をかけ、おヨキと芝神明へとむかった。

その途で、おヨキは、

——伴作は一度、もはや生命は終ったと医者にいわれ、それで、葬いをしようと準備にかかっていたらまた息を吹きかえした。医者はおったまげたが、たしかに一度死んで、また生きかえったのです。そうして、しきりに中原の若さまにしておかなくてはならない話があるというので、とりいそぎ迎えにやってきました、といった。

「中原の若さま、おれは一ぺん死にかけました。そのとき、おれの一生涯のことがあれもこれも、次つぎに頭の中に映し出されてきて、あなたに喰ってかかったあの夜の話のつづきが残っていることに気づいたので、おヨキを呼びにやったのです。そら、ただの石ころがホトケになるって……あのことでさ」

伴作は蒲団から手をさしのばし、

「おれは石ころみちを歩いていた、そうだ、河原だったよ。いや待て、柿の花がぱらぱらと落ちかかってきたな。足もとに青い柿の実が転がっていたぜ。其処で中原の若さまの姿を見かけたんだ。おれはけんめいに呼ぶんだが、一向に振りむかねえんだ。だがよ、振りむかねえはずよ、ねえ中原の若さま。おれは、気づいてみると、このままの恰好で石のホトケでさ」

市五郎を見やる伴作の眼差しは春日のそれのように、おだやかな光りのいろであった。

伴作は、まもなく息をひきとった。

「――このままの恰好で石のホトケでさ、って、あれ、何のことですか」

「わたしにはまだわからぬ。でもわからなくっちゃならないことだと思う」

「私にゃ何が何だかわかりませぬ、だけど、とにかく、うちのひとは極楽往生したのでしょうか」

「うん、わたしはそうだと思う」
「そんなら、よかった」
おヨキは小声でつぶやき、合掌をし、その姿にしずかにうなずく市五郎の両掌が、知らず識らずのうちに合わさっていった。

二

そのころ――明治二十一年当時の日本の歯科界は正に揺籃の時代であった。即ち正式に内務省免状を持っているものは京橋区では小幡英之助、高山紀斎、高木五三郎、小林勝之、佐川文一郎、桐村克己、山田利充。日本橋では倉成慎次、瓜生源太郎。神田区の渡辺良斎、荒川脩、石橋泉、桜井一斎、富安晋、山本茂三郎、それに医師で歯科医を兼ねた井野春毅。麹町区で高田直友。麻布区の伊澤道盛、浅草区の平岡頼一、芝区では中村勇三郎と、東京市内で僅か二十名。

それ故にまた、彼らには稀少価値があった。高山紀斎などは芝伊皿子の自邸から銀座の治療所に二頭だての馬車で通うという羽振りのよさ。貴族や大臣たちでも、そのような豪勢な暮らし向きは滅多に見うけられない時代のことである。

また歯科器械材料商も市内で瑞穂屋と北沢の二軒だけ。

この瑞穂屋こと清水卯三郎は後に中原市五郎とかかわりを持つのであるが、日本の歯科界のみでなく文化面でも大きくとりあげるべき人物で、彼は慶応三年パリで行われたナポレオン三世の世界大博覧会に徳川幕府代表の使節団に従い、博覧会場で日本茶屋を開設、その後、西洋の新知識を得て帰朝した。彼が明治八年、アメリカから歯科器械を輸入販売したのが日本における歯科機械販売のはじまり。他の一人、北沢は清水に数年遅れて歯科用品輸入を業とした。

さてその二十名の歯科医は最上級の人士および家族の歯科治療にもっぱらで、一般大衆のそれには約百名の「従来家」と称する人たちが、いずれも東京府から下付された「入歯、歯抜、口中療治」の鑑札を持ち、業をつづけていた。

この従来家には二派があり、その一つは旧幕時代からの入歯師で、祖先伝来の入歯業をなすもの。松井源水、長井兵助らはこの派で、大道で独楽をまわしたり、大刀の居合抜をしたりして歯磨粉を売り、抜歯をしたりしたが、その抜歯の方法はまさに原始生活を営む民族のそれで、指頭やカケ矢で暴力をもってするものであった。

また他方の一派は「入歯、口中療治」の看板を掲げ、屋内で治療をしているのだが、患者を土間に腰かけさせ、または畳に坐らせて治療し、金銀細工をかねた義歯の技工をしていた。

こうして僅少の一流歯科医は超然として欧米の歯科医術の新知識を誇り、鹿鳴館出入りの顕官貴紳に対し、たとえば小幡英之助が大審院判事寺島直《なおし》の前歯金冠一本を七十円、渡辺良斎がゴム床総義歯を五百円で製作し、一方、従来家は抜歯一本十銭から五十銭の料金で、いたずらに旧来の伝統を固守していたのである。

ところで、従来家の神翁《かみお》金斎（金松）、吉田仙正、高橋富士松、竹澤國三郎らが、自分たちの門下生のために「歯科講義会」というものを設置して、講師に医師石橋泉、小島原泰民をむかえ、石橋は解剖、生理、病理を、小島原はアメリカの歯科テキストで歯科一般を教授した。これが日本における歯科教育機関のはじまりであるが、これはひろく学生を求めたわけではなく、あくまでも私塾であった。

片方では、欧米直輸入の歯科医術を以て孤り高しとして都大路を二頭だての馬車にふんぞりかえり、他方ではもっぱら私塾で門下生を養成するのみで、ひろく一般に歯科医育に心をかたむけようとしない時世に、青年学徒中原市五郎は慷慨するものがあった。

この市五郎を同じく青年学徒浦井龍太郎、高橋種剛が牛込出張所にたずねてきたのは、芝区神明町の長屋で石工伴作の葬いが終った数日後のことであった。

「第一に日本の大衆の歯科治療をうけもっている従来家が目覚めなければいけないのだ」

浦井が口をとがらせ、

「だが、それは一般社会の人たちに衛生観念がないせいだ。だから源水や兵助の一党が跳梁するのだ」

と高橋がこたえる。

「たしかに入歯を注文するものがあるから、金銀細工なみに入歯をつくる入歯師があらわれる。だが歯科も医術なのだ。直接人間の生命に関係ないといっても、ものを嚙み、消化の働きをたすけるための医術なのだから、東京府の鑑札をもらっただけでよしとする従来家では駄目だ。もっと解剖、病理、生理などの学理を身につけたものが歯科治療をうけもたねばならない。それには……」

市五郎が、ここで一息いれた。

「それには、われわれ青年がひろく呼びかけねば」

浦井がつづける。

「かの歯科講義会のように少数の門下生にかぎった歯科医育の機関ではなく、歯科の学問を学びたい者が誰でも利用できるものでなくてはならない。そのためには歯科医術の専門雑誌を発行することだ。この方法だと日本国中どこでも勉強できる」

市五郎がいった。浦井も高橋も大賛成である。かくて彼らは、従来家の中で第一人者である神翁金斎を日本橋本石町にたずねた。

神翁は奈良県出身で、祖父の代から江戸に出て明治六年、二十二歳のときフランス人アレキサンドルに歯科医学を学び、歯科医育に関して強い関心があった。

「なるほど雑誌の刊行もいい。だが、従来家たちのどれほどが、その本に関心をもつだろうか。それに、関心はもっても、その本の中身を読みとる能力のあるものが、どの位居ると思うか。いまは従来家に一大決起を促す運動をおこすことの方が急務ではないか」

「それでは、従来家決起大会を開催しましょう」

市五郎は即座に応えた。

こうして、従来家大会は主唱者が神翁金斎とあって、また市五郎らの若々しい実行力とも相俟ってとんとん拍子にすすみ、半月後に両国の料亭、清力で行われることになった。来会するもの約百名。会は神翁の司会ですすめられ、次つぎに弁士が登場し、中原市五郎が登壇したのは会の雰囲気が最も昂揚したころであった。

市五郎の自由党壮士ばりの演説は、ヒヤヒヤ、チェストと盛んな相槌をうけていたが、

「江戸は東京と名を改め、維新以来二十有一年、日進月歩の文明の今日――、多勢の見物人を前にステッキで円を描いてはその人垣をひろげ、長い紐を綾掛けにたすきして、大きな独楽に麻縄をかけ……」

と言いかけると、ざわめきがおこった。

「やがて身がまえて、ヤッとばかりに縄を引くと、独楽は宙にとんで……」

「だまれ！　小僧、下りろ」

「いや中原市五郎は断じて降壇いたしませぬ。わたしがこの話を何故ここで為すのか。諸君！　とくと考えて欲しい。いやしくも人間の口中を治療しようという人たちが、なぜ独楽を回し、居合抜をしなくてはならぬのか」

「青二才め！　つまみ出すぞ」

「簀巻きにして大川に投り込め」

市五郎は壇上で立ちん棒になったが、

「諸君よ！　わたしの議論にただの一かけらでも嘘があるというのか。この事実を悲しんでいるわたしの気持を、諸君はわからないのか。中原市五郎のこの議論に、諸君よ、なぜ堂々と討論を挑まないのか」

と絶叫しつづけた。

浦井が市五郎の袖をひっぱり、

「中原！　裏木戸に人力車が待たしてある、それに乗って逃げろ、岡田先生のお指図だ」

と耳打ちをし、二、三人の同志青年が、襲いかかる人群れから市五郎をかばいながら裏木戸まで送り、

「このまま、高田に逃げたほうが安全だぞ」

高橋種剛が、幌を下した人力車の中の市五郎にそっと言った。

車夫には岡田からすでに指示があったらしく、俥は宵闇の中をまっすぐに九段坂下へと走っていく。

しばらく、そのまま身をゆだねていた市五郎が、ふっと、

「おい、芝神明まで行ってくれ」

と、声をかけた。

そして増上寺門前から花街に差しかかったところで、市五郎は俥をとめた。

そこから露地の近道をとれば、おヨキばっちゃの長屋はすぐそこだ。

と、

「おい、そこの若い衆」

呼びとめられて市五郎は凝然と立ちすくんだ。が、

(何くそ！)

振りかえった。

老売卜師である。

「何か用か」

市五郎は切口上だ。

「用があるから呼びとめたのじゃ、そうカッカとなりなさんな。……うん、若いが相当に使うと見える」

「つかう？　何を」

「これだ、ヤットウさ」

老売卜師は刀をふりまわすしぐさをした。

「くだらぬこと言うな、こっちは急いでいるのだ」

「よし、引きとめはせぬ、ただ一言忠告しておく。その気合を、内に深くこめろ」

「内にこめろ？」

「そうだ、満ちてくるまで、じっくり構えろ。大河に潮が上ってくる、あれじゃ」

「潮が満ちてくるようにか？」

「まだ、お前さんにはわからぬかのう。そういえば、お前さんの尻っ子玉には青い蔕《へた》がまだくっついているわい」

「何、青い蔕がまだ残っていると？　八卦見にこの胸の裡がわかるものか」

市五郎はこうはね返し、そのまま歩を返す。

九段坂下への道を、あえて芝神明へと。それには追手を避けたい気持もあったろう。だがそれよりも、あるいは死ぬかも知れぬという思いが市五郎の胸をかすめたとき、まっとうな石工でありたいと生きつづけてきた伴作が――、青い柿がころがっている石ころ道を彼岸へと歩きつづけながら、しきりに自分に呼びかけていたという伴作が、つよく烈しく蘇ってきたからであった。

それはそれとして、市五郎を呼びとめた老売卜師が、

「その気合のすべてを、深く内にこめろ！」

と見立てた言葉に、市五郎はそのとき、

「たかが八卦見が」

と聞きすてた。

だが、その言葉は深く、重く、ずっしりと彼の心底にとどまっていた。

そうして深く内にこめろということが――満ちてくるまでじっくり構えろということが、いたずらに手を拱ねくそれではなく、襲いかかる現実をまともに受けとめて、きびしく行うことであることを、ようやく知らされていくのである。

ところで――、市五郎は、この八卦見がどのような人物であるか知るよしもない。またこの老売卜師も、青年の左足をかばうふんまえ方を剣客のそれと見立てちがいをしたということになる。しかし、考えてみると、市五郎の歯科医学に対するまっとうな覇気は、

あるいは卓絶した剣法にかなった生きざまとなり、一歩一歩の足の運びとなっていたのかも知れぬ。

この老売卜師――、明治三十九年六月十日、インフルエンザに罹患し芝区神明町の貧民街で七十一歳の生涯を終えたドイツ医学の大先覚、もと大学東校の首班相良知安は、そのとき――、青年中原市五郎に、後年、日本の歯科医学教育に独自の光彩を放つ煌きを感得したのかもしれぬ。

相良知安が明治三年、廟堂に提出すべく認めた建白書に「予防は医学の本色。治療は余技」と極言しているが、中原市五郎の輝かしい業績の一つである「小学校における学童の口腔検診」はまさしく相良の建白と基を同じうするものである。

貴志子

一

「御用とお急ぎでないお方は……と、お前さんが壇上でやってみせたわけか。こいつは傑作だ、ははは」

歯科器械商、瑞穂屋こと清水卯三郎は当年六十一歳、テーブルに対い合った市五郎をにこやかに見やって膝をたたいた。

「それが……、そんな笑いごとでは済まなくなったのです」

市五郎は、あわてて打ち消した。日本橋区本町三丁目、瑞穂屋の店頭である。

「そりゃあ、そうだろう、半人前のお前さんが黄色い啖呵を切ったんじゃ、松井源水の独楽まわしも長井兵助の居合抜も腹をたてるのは当然だよ」

「とうぜん？」

市五郎はあらためて卯三郎を見た。大きな口、大きな福耳である。

（この御仁が歯科器械をアメリカやイギリスから輸入するばかりでなく、それを参考にしてそれに劣らぬ精巧なものを作ろう、また模造ばかりではなく創作品も手がけようとしている人、か。

また、歯科の書籍も、明治十四年一月に伊澤道盛の『固齢草』を手はじめに、同年六月に高山紀斎の『保歯新論』の上下、十八年八月には河田鏻也・大月亀太郎の『歯科全書』前、後篇、十九年二月には高山紀斎の『歯科薬物摘要』、二十年十月には伊澤信平の『記憶捷径、歯科問答』と歯科に関するほとんどの書籍を扱っている。それらはどれもこれも、わたしにとってかけがえのない教科書だ。

それに、この御仁——英語はもちろんオランダ語もロシア語も読み書きが出来、おまけにしゃべることだって出来るという。その上、驚かされるのは、日本語を平仮名で分ち書きにしようという「かな文字論」の第一人者であることだ。)

「だって彼らにとって、それは恥部。むろん、そいつを暴きたてて決起を促すという手段もあるにはあろう。しかし、まっとうな意見だからといって、それを相手がまっとうに聞いてくれるとは決まっていないよ。早い話が、私の場合の『万国博を日本で開くべし』という政府への建白だ」

「へえ、それは何時のことですか」

「明治五年のことよ。お前さんも聞き及んでおろうが、私は慶応三年、ナポレオン三世がパリで開催した万国博覧会に徳川昭武様の御指図をうけて日本の品物を出品し、茶屋を開設した。博覧会を開催すれば世界各国の精巧な器械や物品を悉く観ることができる。乃チ一見スレバ一識ヲ増シ、一識ヲ増セバ一功ヲ得ル、一功ヲ得レバ一利ヲ起ス、即チ百聞一見ニ如カズ、だ。だからこの博覧会を日本で開いて天下万民の識見を弘め、日本の利益をはかりイギリス、フランスに負けないような国にしましょう、どうぞ、その大役を私に命じて下さい、と願い出たのだ。もちろん、願書だけでなく、博覧会に要する費用も綿密に計算して概算三十万両の額の内訳や観客収入などによる収支計算書も提出したし、念のために、

イマ此ノ命ヲ受クルモ来年五月ナラデハ開局ノ期ニ至ラズ、因テモシ其命ヲ賜ワバ一日モ早キヲ請フ

と書き添えたのだが……」

「それで、どうなったのですか」

「時期尚早ということで却下されたよ。佐野常民どのの名で、ね。いま赤十字で活躍している佐野どのだ。あの方は、やはりパリ博覧会に佐賀藩代表として参加したので博覧会のことなら日本で一番よく知っているはずなのだ」

「まだ日本では早い、というわけですか」

「しかし、そのとき、すでに横浜新橋間に鉄道も走っていたんだよ。暦だって西洋と同じ太陽暦になっていたのだ。

だが、心ある人は私の真意を汲みとってくれたと思う。少なくとも佐野どのらは……。その証拠に、私の建白が却下になった翌年の明治六年のウィーンで開かれた万国博では、佐野どのは日本代表団の副総裁として活躍しているのだし、ね。こうして私の場合は却下されて、ことは済んだ。いや、それでも政府の良識ある人の心には、ひびき通うものがあったのだ。そして、私は、よし、それはそれとしてだ、清水卯三郎よ、この際、おまえ一個人として為すべきものはないのか、と自分に問いかけた。その結果の一つが歯科器械の輸入だし、その製造だし、創意工夫なのだ。

ところで、お前さんの場合は、あるいは彼ら香具師連中に、ほんとに息の根をとめられていたかも知れないし、簀巻きにして隅田川《おおかわ》に投り込まれていたかも知れぬよ。ま、今日、こうやって瑞穂屋でこんな話ができるのは幸いだったというべきだろう。お前さん、二十三歳といったね。頭に血が上るのも止むを得なかったろうが、人を見て法を説け、だ。あの連中と争うのは今回きりでおしまいにすることだな。そうして其処に居るお前さんを、もう一人のお前さんが凝《じ》っと目をこらして見つめることだ」

「もう一人のわたしが？」

「そうだ、もう一人のお前さんが居て『中原市五郎よ、お前がいま立っている個所《ところ》は日本の歯科界ではどういう位置なのか。その上で、お前がいま為さねばならぬことは何なのか』と目をこらすことだ、思いをこらすことだ。尤も、このような問答を繰返した上で、よし！　おれは歯科医術開業試験を受けるのだと決心したのだろうが……」

「そうなのです」

「そこで『歯科器械学』の壁にぶっつかったというわけだね」

「はい、他の学課はあなたの店から出版されている高山の『保歯新論』、河田・大月の『歯科全書』、伊澤の『歯科問答』があり、わたしは岡田先生のお許しをうけて東京歯科専門医学校に通学して石橋泉先生の解剖、生理、病理を学んでいますし、また、生理、病理についてはこの正月から、病気療養中である仙台医学校岡崎虎之助先生に無理にお願いして、同僚と一緒に個人教授をうけています。それらの課目についてはどうやら一応の自信がつきましたが、問題はこの歯科器械学です。歯科の診療器械の名称からその用法などを知らなくてはならないのですが、その教科書がありません。それを知るには、じっさいに外国で歯科の勉強をするか、外国で勉強をした先生につかないかぎりどうにもしようがありません。しかし、わたしは一介の貧書生……」

「中原くん！　己れがいわゆる従来家の仲間であり、外国で学問をした先生の許で修業をしていないことを、くどくど思い惑うことは止せ。むろん、いま歯科の勉強をしようとするなら外国に行って学んだ方がいい。しかしその希望を抱いても、どうしても行けない者だってあろう。では、そういう連中は歯科の勉強はできぬのか。それでは余りに不合理だ。だから私はアメリカやイギリスから歯科器械を輸入するだけでなく、この日本で、それと同じような品々を注文に応じて作ろうと、腕利きの職人も雇っているのだ。作る以上は決して粗略なものであってはならぬからな。

日本で作るのだから値段もほどほどで間に合う。抜歯鉗子だろうと歯科用金箔だろうと何も輸入品でなくとも済むのだ。ミラーだろうとプライヤーだろうとね」

「ミラー？　プライヤー？」

「そう……、ちょっと待て、アメリカの歯科器械の目録を見せてあげよう」

卯三郎は椅子から立ち上り奥へ行き、すぐに一冊のカタログを持って戻ってきた。

市五郎はそのカタログの一品一品に目をこらしながら、

(これは？　ここに鏡がついていて、口の中に入れて歯の状態を見る。これがミラー、なるほど)

と覚えこんでいく。

このように、しつこく念を入れて聴き質していく市五郎に、卯三郎は、

(私がパリの万国博覧会に参加したのは数えで三十九歳のとき。そのとき幕府方の売場や茶屋は私がうけもち、幕府以外の参加者、薩摩藩、佐賀藩は各々の立場で店を開設した。

薩摩藩は当初から幕府に含むものを持って博覧会に参加していたので何もかも噛み合わなかったが、佐賀藩とは友好を保つことができた。その佐賀藩の全般をとりしきっていたのが佐野常民どのだ。このほか英語がたいへん上手な小出千之助どのとも知り合いになった。この小出どのは豪快なお方であったが、彼がいまの外務大臣大隈重信どののことをこう話してくれたのだったな……、

「論語読みの論語知らずとは、よくいわれていることだが、大隈はまるっきり反対だ。俺らに洋書を読ませて、彼奴はその内容だけを聞いてわがものにする。第一番に取っつかまったのがフルベッキ先生だ。そう、佐賀藩英語学校の先生だ。大隈の奴、フルベッキ先生の蔵書の背文字を見て、重要そうなものを片っぱしから取りあげて問題にするのさ、フルベッキ先生はにこにこしながら、じっくりとそれに応えてくれていたよ。彼奴は天下一の横着ものだ。だがそれは誰にでも真似のできることではない。彼奴に——大略を聞いてその深遠な内容をきれいに消化できる、それだけの頭があるから、可能なのだ。俺ら凡人にはできぬ。このパリ行も、世話役の佐野どのが第一指に大隈どのを選んだのだが、藩公《との》が、

——いまの日本は、すぐにも大隈を必要とする日がやってくる、だから留守にさせたくない。

と仰せられたが、もっともなはなしだ。何しろ彼奴は日本に居ながら、俺らのみやげ話を

聞いただけで俺ら以上のものを頭の中に入れこむのだからな」

といったのだが）

と、そのことを思い出し、明治元年、大坂東本願寺でキリスト教徒処分問題についてパークス英公使と大論争をやってのけた大隈の影像を、眼前の市五郎の上に重ねあわせているのであった。

一方、市五郎は卯三郎が（どうしても外国へ行けぬ連中に歯科の勉強はできぬのか、それでは余りに不合理だ）といったとき、

（わたしは、わたしの事情で外国には行けぬ。だが外国で発達した学問であっても日本人が日本で学ぶことができぬことはなかろう。そこで、だ。いまのわたしが全力でぶっつからねばならぬことは、はじめて見る最新の歯科器械の目録を見ながら、この瑞穂屋から、ひき出せるものを精一杯ひき出すことだ）

と自分の足を踏みしめたのであった。彼がぐっと足を踏みしめたとき、左足のくるぶしにじんと痛みが奔った。それは市五郎を快く鞭うった。

きれいな図版である。そこには市五郎の見たこともない種々の歯科器械が集録され、それぞれに英語で説明が加えられてある。

市五郎はその一つ一つを指し、使用法を訊いていく。それに答えながら、卯三郎は、

（この中原市五郎に、一度ゆっくりと大隈重信の読書法について話しておきたい。いや、それ以上に、私がなぜイギリス、アメリカから歯科器械を輸入するだけでなく、この日本でそれら外国の器械に負けぬほど精巧なものを作ろうとしているかを語りたい）

と、衝きあげてくる思いがあった。

それは市五郎の中にひそめられている何かが、卯三郎の内なるものに響きかよったからであった。

歯科器械のカタログの最後のページを繰ったとき、

「いいかね！」

卯三郎は、その人差指で市五郎の胸をゆびさした。

「これだけは、しっかりお前さんの胸にたたみこんでおいてくれよ。お前さんは、先刻《さつき》私がいったとおり、外国には行けない事情がある人だ。だから、お前さんが此処で歯科の学問をなしとげたとき、お前さんだけしか体験しえなかったものがあるはずだ。それを大事にして欲しい。これからの日本の学界を背負って立つ者は、その体験を大事に培って美しく結実させた人であって欲しいと私は考えている。なぜなら、これからの日本の学問は、いいえ、学問というものは特定の選ばれた少数の人が外国に行って教わってきて、また特定の人だけに教授するという、そんなものではないはずだから。私が、平仮名を日用の文字とし、これを分《わか》ち書きにして縦行に書き下すのがいいとしているのも、国民を教育する大切な道具である国字を、万民のために便利にしようと考えたからなのだ。わが国では智者や学者が漢語を使って無暗に言葉を難しくしているからね。え？　そう思うだろう。

アーベーセーも、エービーシーも結構だが、わが国のいろはもすばらしいではないか。こんな深遠な無常観を内に宿したアルファベットを、お前さん、ほかに知っているかい？」

清水卯三郎は明治四十三年一月二十日、八十二歳で歿した。その瑞穂院先進頴寿居士という戒名の――先進頴寿の先進も、それから頴《えい》は錐の頭、するどい才気という意があるのだが、この頴をも含めて……この戒名そのままの卯三郎に、

（この青年に、わが思いを）

と決心させたのは、中原市五郎にこそわが思いを語り、その志を継いで欲しいという、そのような生命の継承ともいうべき清冽な鈴が――そうだ、共鳴する音叉反応があったからではなかったろうか。

市五郎は学課試験も実地試験も無事合格した。いや無事ではない。当時、歯科医術開業の試験委員は高山紀斎と伊澤道盛が交替で担当していた。だから高山が担当する時期には高山の子弟が出願して伊澤の子弟は出願せず、また伊澤が担当する時期はその門下生と、伊澤と関係の深い小幡英之助の門下生が受験し、高山の門下生は次期を待つという状況であった。

それ故、その双方に何のゆかりもない市五郎の合格は正真正銘の実力であったのだった。

明治二十二年五月二十八日、内務省から歯科医術開業免状が下付された。登録番号第八十六号である。

「ついに、やったな」

高橋逸馬が祝いにかけつけた。

「ありがとう。きみが貸してくれた時計のおかげで、どんなに助かったものか」

二人はつれだって九段の坂をのぼった。

「まさにわが朋友《トモ》、巨大なる鹿を射とめたりだ、な」

高橋は〈中原の鹿〉と市五郎の姓を語呂合わせして洒落れた。広場はすでに葉桜、その葉ずれ越し、はるかに東京湾が見えた。

「アイシー、アイシー」

市五郎は右手でその海を指し、そして左手に持った銀いろの懐中時計を耳に圧しあてて、その冷たい感触をたのしみながら、

（あそこに光っている銀色の東京湾は、世界の海につながっている。そして、それをわたしは知っている）

と思った。

チチチチと、絶え間なく時を刻んでいる音、それに聞きいっている市五郎に、

「なるほどｓｅａとｓｅｅか、さすがにドクトルは違うわい、まいった、まいった」

高橋は大袈裟に頭を掻いてみせた。

それから日ならずして、次兄の作太郎が商用を兼ねて上京してきた。

「とうとう歯科医への道を自分で切り拓いたね」

市五郎の肩においた作太郎の手が小さくふるえている。しばらく絶句していたが、再びゆっくりとつぶやくように言った。

「私は蚕という生き物をいとおしいと思っている。この小さな奴が、せっせとあのまぶしいほどの絹の糸をつむぎ出してくれるのかと思うと、ほんとに抱きしめたい衝動に駆られるときがある。一時は浮かれたように四輪人力車などに羽目を外したが、やっぱり蚕という生きものが私を惹きよせた。生きものというものは不思議な魔性をもっているものだ。ところが、お前がこれから生業として進む歯科医の道は、何しろ万物の霊長たる人間という生きものが対手だ。「身体髪膚これを父母に受く、敢て毀傷せざるは孝のはじめなり」という訓《おし》えをしっかりと噛みしめることだ。敢えて毀傷しないように、お前は人助けをする役目を天下御免で拝受したのだからね」

「はい、たしかにこの通り五月二十八日に……」

市五郎は「内務省から」といいかけて、にわかに口をつぐんだ。

その閉じた唇が、すぐに開いた。

「たしかに、天から授かりました」

市五郎はそう言った。そのとき、彼は自分の視野が豁然とひらけたと思った。

だが、そう思った瞬間の後、重々しいものが自分にのしかかり、身ぶるいするような惧れが、身内に霧のように込めてきた。

その重々しいものは、いったい何であったか。

市五郎にとって、それはちょうど高橋と共に九段坂上の葉桜ごしに見た東京湾の海が、ただの銀色ではなく、その深みに碧玉の色か、はたまた翡翠のしなやかなからだの色とでもいえるものが潜んでいるように──そのように捉えがたく……、しかし、その惧れは、決して恐怖ではなく畏敬すべき対象であったのだった。

「やはり東京で開業するのかい」

作太郎が訊いた。

「勿論、東京で開業します。しかし、わたしは開業して成功し、大通りを二頭立ての馬車で乗りまわすのが望みではありません。もっと大きな野望があります」

「野望？」

「そうです、信州の野人の大望です。わたしは日本の歯科医術の向上に尽したい！」

「大望！　うれしいね。ところで開業ということになると……」

「じつは、それなのです」

昂然と胸を張っていた市五郎が急に肩を細める。

「いったいどれくらい要るものか、ねえ」

「上を見たら際限がありませんが、家を借りる、診療所らしく改装をする、それに器械材料、切りつめて最低百円はかかります」

「百円？　それは大金だ、私にはどうにも手がとどかぬ」

「それでは八十円くらいは？」

「百円とか八十円とか、お前は気安くいうが……。無理だな、三十円までならなんとか」

「たったの……三十円」

市五郎はそう言ってから、あわてて
「いえ」

と大きく宙に手をふり、

「三十円で大丈夫です。兄さん、その金をつくって下さいますか」

「なんとかして、つくろう、お前が念願の歯科医になったのだ。福島に帰って、すぐに頼母子講を三十円で落すことにする。その金をお前に貸そう。貸すのだよ、返してくれなくては困るよ、いいね」

「わかりました、必ずお返しします」

「では私はこれで失礼する」

「せめて、今夜は……」

「いや、仕事の用がある。お前のお祝いは十年先、二十年先、信州の野人の大望を成就させたとき、ではないか」

強い語調であった。しかし作太郎の眼差には暖いものが溢れていた。

二

麹町十丁目に瓦葺の平家で隠居所の空家があったので借りることにした。瑞穂屋からわずかばかりの治療機械を買入れた。看板だけは達筆で「中原歯科診療所」と掲げたが、治療椅子は高価で手がとどかない。古道具屋から椅子を買ってきた。もちろん、枕が付いているはずはない。そこで、看板を掲げると、すぐさま入門を乞うた書生に、後ろから患者の頭を支えてもらうことにした。そんな設備でも、患者はすぐさま訪れた。

信州から母カツが上京した。炊事、洗濯の応援に駆けつけたのである。

こうしているうちにニッパチの八月となった。その八月から(密柑、柿が色づくと医者が青くなる)といわれている季節につづく。

この季節を市五郎は、作太郎の意見をいれて、山形へ出張診療に出かけることにした。足踏みエンジンその他、出張診療のための器械材料は、瑞穂屋につづいて開業した北沢清七商店が、代価は出張診療終了後払いというかたちで、進んで応援してくれた。

この当時、東北地方の六県で免状をもっている正規の歯科医は仙台に唯一人居るだけである。

市五郎は山形市で第一流の旅館に投宿して、旅館入口に「歯科診療　東京麹町十丁目中原診療所主　歯科医師　中原市五郎出張」の看板をたてた。山形はじまって以来の西洋流歯科医の出張診療である。患者は待合室に収容しきれず、廊下にあふれ、特別に下足番をやとう始末である。

ところが山形に在住している入歯師にとっては、ただでさえ夏枯れの季節に、何も山形くんだりまで、れっきとした免状をもった東京の歯科医がショバ荒しにくることはなかろう——ということにもなる。彼らは強迫まがいにやってくるかと思えば、次には哀願まじりに材料をねだりにきた。

山形市に二カ月。乞われて楯岡町に出張診療に出発したのは十月中旬のこと。楯岡に着いてすぐ、外務大臣大隈重信が閣議を終えて、その帰途、玄洋社員来島恒喜に爆弾を投ぜられ脚部を負傷した――と聞いた。

「脚をやられた？　右脚を！　それはいかぬ」

市五郎は自分の右脚をかばうようにして、思わず声をあげた。

こうして明治二十三年の新春を迎えて東京に帰った市五郎が、久しぶりに恩師岡田三百三を九段に訪れると、岡田は郷里名古屋に退隠するから自分の診療所を引きうけぬか、というのである。その代価三百五十円は市五郎が東北の出張診療で粒々辛苦して蓄えた有りっ丈の金額であったが、思い切って譲りうけることにした。

それは九段の桜がようやくほころびはじめた三月初頭であった。

麹町区飯田町二丁目六十七番地。そこは九段坂から俎橋へ向けてまっすぐに下り切った左角。橋を渡れば今川小路。広い通りの向かいは飯田町郵便電話支局である。

市五郎は岡田の旧診療所を洋館づくりに一新した。その頃、今川小路から麹町にかけて洋館建てといえば、靖国神社付属地のよこ、田安門前から九段の堀端にまがって農商務大臣官舎がただ一つあるだけだったから、新しくできた洋館に立ち留まって見る人々に「中原歯科医院」の看板も、また珍らしかった。人々にとって、いままで一般に見馴れた「西洋入歯」の箱看板ではないし、また近ごろ流行しだした「歯科診療所」でもないのだ。

市五郎は、あくまで歯科の医院であると考えたからそのように実行したまでであったが、当時としてはそれは革新的なことであった。

電話もとりつけた。番町二八二番である。それ以上に、特記すべきは市五郎が自分でカルテを考案して作ったことだ。患者の姓名、年齢、一日一日の治療、貼薬、処方を書き入れる名簿である。これはまだ日本の歯科医が誰一人試みていない画期的なもので、市五郎は当然必要だとし、その考えを直ちに実行に移したのであった。


中原歯科医院の軒先に、ブリキ製の山形屋根のある四角い硝子張りの街灯がとりつけてある。

黄昏どき――、蝙蝠が高く低く虚空を横切り、たったたっと脚立を肩に、手提げランプを持った点灯夫が駆けてくる。シャツに半ズボン、脚絆、草鞋ばきのいでたちである。

彼は軒灯の下に脚立をたて、つ、つ、と上る。かとみると軒灯のランプに黄いろい仄かな光が灯る。点灯夫が脚立を下りる。とたんに、彼の肩にはもう脚立がかかっており、たったたっと薄闇の中に消えていく。

市五郎は見るともなく窓ごしに街路を遠く消えていくその影を追いながら、苦い笑いを浮かべた。点灯夫は、中原歯科医院だけを避けていくのである。

それにはこういうわけがあるのだ。

岡田の家を譲りうけて何もかも洋館建てに改装し、硝子張りの軒灯もつけた。母カツが点灯夫と口論をはじめたのは、その次の日のこと。

お昼すぎ——、点灯夫が脚立を肩にかかえてやってきて、中原歯科医院の軒灯のランプの点検をしていた。

そうして市五郎は、癇高いカツの声に表に出た。そのときは、もう二人の間は険悪になっていた。

この軒灯は神田柳原にある東京点灯会社が管理をしており、昼間、ランプの石油を補給し、木綿の灯芯の燃えかすを鋏で切ったり、平らにしてから、油煙でくもっている火筒の掃除をして、日暮れに点灯にやってくる。その管理費が一ヶ月三十銭である。

「ランプの掃除に一日一銭もとられるのは勿体ない。この軒灯の掃除は私がする」

とカツが言い張っているのである。点灯夫は、はじめ威勢よく啖呵を切っていたが、カツの余りのしつこさに、

「すきにしな、おらぁ知らねえよ」

と舌打ちをしながら帰っていったのであった。

カツは偏に中原歯科医院の経費節減に心をくだいているだけなのだ。市五郎は母のねつっこさを有難いと思った。その気持を傷つけてはならないと思った。

軒灯の件は、そのままで波はたたなかった。だがカツの一途な昔気質《かたぎ》が、あるときは市五郎たち、まわりのものを哀しい羽目に追いこんでしまうのであった。

その年の秋――。

市五郎は同業、佐藤丈次郎の媒酌で、埼玉県川越、磯部元義の三女、みねと結婚した。磯部家は川越藩家老の一族である。

翌二十四年の星祭が済んで間もなく、女児が生れた。

「なんというても靖国神社のそばで生れたのだから、名前はおミヤがいい」

カツが言う。

みねが、

「アキという名もよろしうございますわね」

と口を挿むと、

「アキ？　いや、やっぱりおミヤがいいね」

とカツは言いきる。

「何、この子の名前の相談かね。この子の名前は、もうとっくに決まっているよ、貴志子だ」

と市五郎。

「キシ子？」

カツがおうむ返しに聞きただした。

（まず誰が選ぶとしてもおミヤだ。それでなかったら、初子だからおハツか、それとも、ぐっとしゃれて刈萱の季節だから、おカル……なら話はわかる。だが、キシ子などと、そんな……名の下に子を付け足すなんて、そんな名前、いままで一度だって聞いたことはない、せめておキシなら……）

「貴い志《こころざし》、キシ子ですよ。わたしは、ずっとずっと以前から、この名前を考えていたのです」

市五郎は、

（ほら、あの戸田義方先生が、雪をかぶった乗鞍岳を指し――こころざしを高く持て！　その志こそ貴いのだ、と教えて下さったときからのことですよ）

と母の顔を見、それからみねのほうを見やって、ちょっと火照る思いがした。胸のおくの遠くで、ちりちりちりちり、お煙草盆の鈴が鳴り、被布の菊花のかざり紐、マアさまの顔とみねのそれとが一つになる。市五郎は、

「貴志子、いい名だろう」

と、みねのほうに首をかたむけ、

みねが微笑み、こたえた。

それから一年半が経って、

明治二十六年二月、男子が生れた。「實」と命名した。

中原歯科医院は、しごく順調に進展した。市五郎の貴い志は坦々と文字どおり美しく結実するかにみえた。

だが、市五郎にとって哀しい思いを噛みしめなくてはならない日が、すぐそこまで迫ってきていたのであった。

地はよし九段富士見坂

一

明治二十四年から二十六年にかけては市五郎にとって平安な日々であった。そうして発明家としての市五郎の力量が公に評価されはじめたのは、この時期である。まず〈引出烟管〉の発明であるが、これは明治二十五年十月十一日出願、同二十六年一月十八日、特許第一八〇八号を以て登録された。引出烟管とは〈煙草のヤニふせぎパイプ〉のこと。煙草のヤニをふせぐ方法があればニコチンの害から喫煙者の身体をまもることができるのだが、と日頃考えていた市五郎の目に子供らの紙鉄砲がとびこんできた。次兄作太郎と同じように市五郎の中にある発明考案の才は、紙鉄砲から引出烟管へと発展していったのである。これは高橋逸馬が売り出して、当分のあいだ高橋の生活費となった。

引出烟管は市五郎のいわば手なぐさみであったが、その基底にあるニコチンの害毒に積極的に対処しようとする彼の姿勢を見のがしてはならない。引出烟管の考案と同じ頃から、いややそれより早く市五郎が執念を燃やして取り組んでいたものがあった。その〈圧搾空気を利用した洗除器〉の発明は、科学者市五郎のスケールの大きさと深さを物語るものである。

市五郎は診療中、患者の唾液が口腔内に貯溜することにたいへん悩まされた。脱脂綿で吸いとっても吸いとっても追いつかないのだ。それに患部の洗滌は、その度ごとに水銃に水を入れて行う作業の繰り返し。また歯牙の乾燥のためには、そのつどアルコールランプを灯して、その火焔上の熱気を吸わせた乾燥器で乾燥させなければならない。そしてやっとこさ乾燥させた患歯に、いざ処置をしようとすると、もう唾液がきらきらと貯っている。これにはほとほと困り抜いた。

——唾液を吸いとって、洗滌や乾燥が自動的にできる器械はないものか。

彼は器械店へ出向いて訊いてみたが、まだ外国品にもそんなものはないという。

なんとかならないものか、腕組みをしている市五郎の肩を、

「どうした、ドクトル先生」

と叩いたのは高橋逸馬である。

顔をあげた市五郎の口から、

「まだ無いといって、いつ出来上るかわからぬ器械の出現を、こうして手を拱いて待っているのは能無しのすることだな」

と言葉がついて出た。それは市五郎自身が予め用意しているものではなかったのだったが、

「それで！」

と高橋。

「どうしても必要な器械だ。ならば、わたしが考案して作ろう」

「それでこそ中原市五郎だ。外国でまだ作られていないというのは大いに魅力だね」

「そうだよ、それは私たちの……わたしの水準をおしはかることにもなる」

「世界的に、ね。なるほど」

高橋はうなずきかけて

（これは簡単にうなずく事柄ではないぞ。それにしても、中原の奴……）

と一しきり首をふり、対い合う市五郎を、まじまじと見据えた。

こうして、約三ヶ月の間、苦心に苦心を重ねた末に出来上がったのが、圧搾空気を利用して、水銃で口腔を洗浄し、吸唾し、患部を乾燥させる器械である。

この発明が完成したころに長男、實が誕生した。それが明治二十六年二月四日。そうして三月八日にこの器械を〈洗除具〉と名づけて出願し、同年六月二日、発明特許番号第一九四六号を以て登録された。因にこれは日本における歯科医療器械の特許として嚆矢である。

洗除具の出願とほぼ同じ時期に東京市内在住の歯科医師の大同団結が企画され、その登録と前後して歯科医会が発足した。常議員には高山紀斎、伊澤道盛、小幡英之助、井野春毅、伊澤信平、榎本積一、菅沼友三郎、佐藤丈次郎ら第一流の人々が参加し、幹事に富安晋、青山松次郎、平岡頼一、斎藤英三郎、それに中原市五郎が就任し、東京中の歯科医師が一体となって斯界の発展向上を期したのである。

中原市五郎の前途はこのように順風満帆の様相であったが、大きな蹉跌が間近に待ちかまえていた。

その年の暮れから正月にかけて、はやり風邪が蔓延した。貴志子が悪性感冒をこじらせ、取りかえしのつかない病状に陥ちこんだのは明治二十七年二月中旬。九段の坂上から寒風が吹きおろし、冬木の梢が帚木のように戦く日がつづいていた。

市五郎が内科の権威、青山胤通の往診を請けたのは、もちろん主治医である済生学舎の馬島永徳に乞うた上でのことであるが(自分のはじめての分身である長女貴志子を――、この小さな生命をなんとかして助けたい)と藁にも縋りつく一念であったのだった。

青山胤通がやってきた。応接室で馬島から貴志子の病状を聞いた。青山は二度三度小さく頷いた。

「では」

と馬島にうながされ、青山は鷹揚に貴志子の病室に入った。そうして青山は貴志子の顔を見、やはり鷹揚な口調で、

「これは駄目」

と告げた。間もなくゆっくり立ち上った。

市五郎はじっと息をのんだままであった。

青山の姿が馬島とともに門外に消えるや、

「五円もの大金をとりくさったくせに」

高橋が舌打ちをした。

「いや、その金は惜しくない」

市五郎の声はふるえていた。市五郎は、青山を迎え、青山を見送った一刻の時間が何か悪い夢を見ているように思われてならなかった。

(青山先生が診てくれたら、その上で、こうも尋ねよう、ああも訊こうと思いをつもらせていた。そのいちばんの深みには――わたしも医者のはしくれです。この最愛の子を失うということは何とも耐えがたいことですが、もしもそうであったとして、その時の医者としての心がけを教えていただきたいものです)

そういう思いが秘められていたのであったが……。

「でも、もちょっと何んとかなあ」

市五郎は、口の中でいった。も少しなんとか言いようがあったろうという青山に対する非難もあるにはあった。だが、ただそれだけではなかったのだった。

市五郎は世尊院で、芳顔院貴志善童女の小さな柩を前に、いま圓潤大僧正がいった(貴志子は永遠に芳しい顔でいる)ということが、いかにも白々しい言葉としか受けとめきれない自分を、もどかしく焦立たしく思った。

帰宅すると、伊那の北村菊次郎から久しぶりに便りがとどいていた。貴志子の死を知るよしもない北村の筆は――四月になってからのことだが、伊那地方の民俗について東京の先生に指導をうけるために上京する、その折に種々、貴君と論議したいことが山積していると、文面にも嬉々としたものが浮かび上っていたが、その論議のテーマの一つとして、トッツキの鍛冶屋和久造の死に触れていた。

それは二月半ばの或夜のこと。戸細に洩れていたトッツキの鍛冶屋にとびこんだ鹿もろとも、和久造が狼のために悲惨な死をとげたのである。

狼に追われた鹿は、暗闇の山をけんめいに駆け下りては、灯りのもれている家の戸を蹴破って飛びこんでくるものだ。もしそういう目にあったら、なるべく早く鹿を戸外に逃がしてやらねばいけない。追い出さねばならぬ。もしも鹿を捕えようなどと慾を出そうものなら、鹿を追ってきた狼のために人間まで巻きぞえを喰ってしまうのだ。そのことを村人たちは十分に心得ているはず。ところが「和久造のやつ、鹿の細工物のことで、目がくらんだのさ」と村中では大評判だという。

――しかし、ぼくはそうは思わない。代々のサスガ作りだ。狩人たちの体験もたっぷり聞いている。この鹿を金に換えれば……などと慾を出すことがどんな羽目になるか、それくらい十分すぎるほど心得ていたに間違いがない。ぼくは、サスガ作りのトッツキの鍛冶屋がサスガ作りを廃めた其処に、こんどの非業な死の陥穽があるような気がしてならないのだ。和久造のこの死について貴君の意見を聞くことも、ぼくの初めての上京が期待するものの一つだ、と結んであった。

市五郎は、ふっと今しがた世尊院で仰ぎ見た榧の大樹に吹き荒ぶ寒風の貌、でこぼこ団子坂の黒い地肌を思い出した。それは左足くるぶしから太腿にかけて激しい痛みが奔ったせいであったが、そのとき、

（青い柿の実が転がっている磧の石ころ道を歩くと、きっとこのような激痛だ）

と顔を硬ばらせたのは、どのような脈絡のゆえであったろうか。

市五郎がこのような模索に揺れ動いている明治二十七年八月一日、日本は清国に対して宣戦を布告した。

翌二十八年四月一日から七月三十一日まで、第四回内国勧業博覧会が京都に於て開催され

た。この博覧会に出品された歯科用具で賞を受けたのは、
進歩一等賞　歯科用往診器械函　東京市　堀口彌吉
有功一等賞　抜歯鉗子　東京市　清水卯三郎
有功二等賞　歯科用金箔　東京市　清水卯三郎
有功二等賞　歯科用金箔製造人　東京市　辻村鐵之助
有功二等賞　護謨蒸和釜　東京市　八神幸助
有功三等賞　歯科治療用椅子　歯科器械用箪笥　東京市　若林唯造
有功三等賞　歯科用金箔　京都市　鈴木福
その他、歯科用器械や義歯やアマルガムなどに褒状五が与えられたが、瑞穂屋清水卯三郎は褒状を加えて全部で十二の賞の中で、本人が有功一、二等賞と褒状一を受け、その職人、辻村鐵之助が二等賞を受けたそれまで加えれば、賞の総数三分の一を卯三郎が独占したことになる。翌年、明治二十九年三月、卯三郎は退隠し家業を連郎《むらじろう》に譲った。
この頃から市五郎の憔悴が目立ってきた。もともと彼は胃腸が弱かったが、貴志子誕生の頃から少しずつ病状が悪化し、また冬場にはよく風邪に罹患して臥床していたが、貴志子死歿による打撃は市五郎の神経をひどくいたぶってしまった。日々の診療の、例えば金箔充填をする十分程度の稼働にも目まいがしてどうにも続行することができず、新聞もろくに読む

ことができない様態になってしまった。

主治医の馬島は、胃酸過多症でどうにもならない身体になっている、胃酸過多には肉が一番いい、という。青山胤通は転地をすすめた。それも実行したが、一向に効果がない。どうせ駄目ならば上等の肉でもうんと喰ってやれ、万が一、それが成功するかも知れぬと、毎日、牛肉を喰った。

当時、長兄庄之助は市五郎の激励、指導をうけて勉学にはげみ、すでに歯科医として本郷、金助横丁で開業していたが、不意に市五郎の許にやってきて、

「また肉を喰っているのか。私が昵懇にしている大学の薬局長が、肉はいけないと言ったぜ。大学教授の青山先生もよかろう。済生学舎の馬島先生もよかろう。だが、おまえの顔付はただごとではないぞ、まるで老衰じゃないか。え？　死の宣告を受けた？　そのくせ、まだ肉を喰っているのか、療養はしないのか」

「だって箱根にも熱海にも転地してみました、房州にも行きました。ありとあらゆる薬も服み、治療もうけましたが、もうどうにもならないのです」

「療法がないって？　それで生きることを諦めたというのか。お前らしくないぞ。いま言った大学の薬局長のことだが、おのれは大学病院につとめながら、どうも西洋医学一辺倒ではないらしいんだな。彼がいうには『どうも西洋のクスリの処方は一人一人の病人に合わせて

ではなく、一つの病気には一つのクスリと決まっている。そういうリクツだ。だから患部の病気は癒くなっても病人は死んでしまう』。そして、それはリクツにかなっているというのだ。そんなリクツってあるのか？　そこんとこが私にはよく呑みこめないのだが、何しろ彼は毎日、大学病院で死んでいく病人を見てうんざりしているのだな。

そこで、だ。彼の御師匠筋で、食物で病気をなおす医者が居る。陸軍で薬剤監まで勤め上げた先生なのだが、ほら日清戦争で使用した堅パンを発明した先生さ。市ケ谷の監獄所のちょうど裏手に病院を開いている。ぜひ一ぺん、その先生の診察を受けてみろよ。今日は、それをすすめにやってきたのさ」

と勢いこんで言う。

「へえ、クスリではなくてタベモノで病気をなおすのですか」

「そう、生命《いのち》のもとは食物だというのだ。病気に効くクスリをもらったって生命が失くなったんじゃしようがないや、われわれは生命をたすけて欲しいんだものな」

「そいつは理屈が合いますね」

「どうだ、おまえ好みだろう。まだまだ、おまえ好みのところがあるぞ。さっきの堅パンもそうだが、明治十年の西南戦争で九州に出動して軽便担架やら竹製ピンセットやら軽便繃帯捲器やらを発明している。それに脱脂綿も、この石塚左玄先生の発明なのだそうだ」

「石塚左玄先生！」

「うん、福井藩出身で、郷土の大先輩橋本左内にあやかって左玄と命名されたのだそうだ。左内は大坂、緒方洪庵の適塾で修業した医者だ。夜な夜な塾をぬけ出して、橋の下の貧民たちの施療にあたっていたそうだよ」

「脱脂綿を発明したのも、その先生ですか。よし、明朝かならず市ケ谷に行きます」

あくる朝、久しぶりに外出の気分になった市五郎は、

「今日はあのツマ皮の下駄を履いていこう」

と口に出してつぶやいた。

市五郎はスタイリストであった。ツマ皮に白い兎の毛がふさふさとしている最新流行の品を下駄屋の店頭で見、「これはシャレている」と気にいって、すぐさま買ってはみたものの、それを履く気分にはどうしてもなれなかった。これまでは、そのような伊達な気分になる余裕などなかったのであるが、この日はちがった。

「おい、クルマをよんでくれ。そうか、生命のもとはタベモノか」

人力車の幌をおろしてからも、

「さて、どんな診察をしてくれるのか、石塚左玄先生って……。竹製ピンセットは、わたしも考えないではなかったな。しかし脱脂綿とは大した御仁だ」

と、ひとりでつぶやいていた。

石塚左玄の診察室は八畳の間を三つ位ぶち抜いた部屋で、六、七十人もの患者がつめかけていた。市五郎の順番がきて、石塚の前に出ると、

「これはどうも肉の中毒だ、ひどく悪くしましたね」

と、じっと見つめたまま、

「きみのこの身体は急にはなおらないね、どうしても五年はかかる。しかし、いまの西洋医学でいくと、きみの生命はないよ。きみも歯医者だから医学のことはわかっているだろう。何しろ身体がこんなに衰えていたんじゃ何をするにもうまくはいくまい。きみ、いのちのもとになる食物を吟味しなくちゃいけないね」

石塚左玄は食養生について五つの原則を挙げた。第一は、――食物は生命の根本であり肉体も精神も食物の支配をうけていて、その身心一如のいのちのもとはタベモノだ。不滅の太陽の光、空気、水、どれ一つ欠けても動物も植物も生命活動を持続することはできない。

第二に、人間は雑食動物であるにしても穀食動物に近いと考えてよろしい。とくに日本人は西洋人とちがい、水田でとれた玄米を摂るのが最もよろしい。「臼歯もつ人は粒食う動物よ、肉や野菜は心して食え」、石塚は自作の食養道歌というのを、こう朗詠してから、

「ねえ、そこできみの役目が大事になってくるわけだ。タベモノをよく噛みくだくためには歯が丈夫でなくてはならないからね」

と市五郎に微笑みかけた。

第三に石塚は『身土不二』の原則を説いた。個人の生活は自然環境によって変らなければならないだけに、生活しているその土地で出来たもの、また季節の変化の中で生産されるものをとるべきであるというのである。「春にがい味《み》、夏は酢のもの、秋からい味《み》、冬は脂肪《あぶら》と合点して喰え」と再び朗詠し、

「正月に西瓜を喰い、台湾バナナを喰べても生命のもとにはならないものさ」

と、つけ加えた。

第四が無機成分、とくにナトリウム、カリウムの体内での調和である。

最後に石塚は『一物全体』を説いた。

「私たちは穀物を食べるのに精米しないで玄米のまま全体を食べるのがいいことを知っているね。それと同じように副食物である野菜も、根の尻尾から葉の尖端《さき》まで、どこも捨てるものなしさ。無駄なく調理していただくこと、これが一物全体だ」

ここまでいって一呼吸いれた石塚は、

「そこで、きみのために私たちのいのちについて一つの実験をしてみることにしよう」

と、書生に言いつけて玄米と白米を二、三粒あて持ってこさせた。そしてその各々をシャーレの中の水にひたした綿の上に置いた。

「さ、これで一週間、様子を見てみよう。貴君《きみ》はその間、いままで服んでいるクスリも、また肉食もやめにして——、とにかくきみは根《こん》がなくなっているから、コの字のつくものを食べなさい。

「コンがなくなっているからコの字のつくものを?」

「そう、コの字のつくものは、まずコメだ。米にゴマ塩をたくさんかけて食べなさい。それと小麦。コンニャク、レンコン、ダイコン、ゴボウ。それに餅だ。ただし餅を食うときには大根をおろしてたくさん食べなくてはいけないよ。とにかくコの字のつくものをえらんで食べなさい、そして一週間経って、また来てごらん」

石塚は結局、打診もしなかった、脈もとらなかった、聴診器もあてなかった。市五郎の胸に、なんとはなしに貴志子を診察した青山の、あの日のことが蘇ってきた。

(青山も、ちょうどこのようにして貴志子の病気を確実に診断した。それと同じように石塚もわたしの病気を的確にあてた。しかし、こんどは或は治るかも知れぬ)

かつて市五郎の胸の奥で、青山に対して(もちょっと、何とかな)と批判するものが頭をもたげてきたのは、同じように病気を的確に診断したその後の姿勢に——ついてであった。

病気それのみでなく、さらにその深奥にある生命についての畏敬を市五郎は求めていたのである。その上で、よしや、己れの遵奉している医学に限界はあっても、己れが対している人間の生命に、傲岸にもその限界を断言し、そこで止まる姿勢――それを、市五郎は同じく医のみちをすすむ歯科医として、許せないと思った。そこで止まらず、なお医の行動をつづけなければならない――としたのであった。そうして、そこからの医の行動の教示を希求していたのであった。

帰途、市ヶ谷の八幡神社下、汁粉屋の前で市五郎の足が、ふと止まった。赤飯が陳列されてある。

「コワメシだ、コの字がつくぞ。よし、試してみろ！」

もともと、すぐに実験して確かめてみる、それが市五郎だ。

「コンがなくなっているからコの字のつくものを、というのは少々うさん臭いが、一物全体は気に入った。それに、このままでは助からぬといったが、そのあと、五年も辛抱したらよくなるとつづけた。ならば、コの字を食うべきだ」

市五郎は思い切ってコワメシにゴマシオをかけて食った。腹の中がつっ張ってきた。ごわごわ、と鳴った。

自宅に帰りつくと、

「そんな無茶なことを、すぐに馬島先生に注射をお願いして……」

家中、大騒動になったが、

「待て待て、しばらく様子を見てみよう」

市五郎は蒲団に横になった。腹の中に、部厚な板木でも入れたようである。皿の上の山盛りのコワメシがそのままの恰好で腹の中でふんぞり返ってみたようで寝がえりをうつのがこわい。そのうちに一眠りしたらしい。夕方になって、腹が減ってきた。絶えて久しいことだ。気づくと、コワメシを食ったための腹痛もない。市五郎はうれしくなった。

「おい、餅を買ってきてくれ。それにおろし大根だ、しっぽも捨てるな」

コンニャク、レンコン、ゴボウと食べあさり、一週間が経った。


「おや、少しは実行したらしいね」

石塚左玄が訊いた。

「わたしは決心したらすぐに実験する男でしてね、それも完全に、ですよ、ははは」

市五郎の、久しぶりの笑い声であった。その笑い声が、一瞬ピタリと止まった。

「どうだい、これが生命《いのち》というものさ」

書生によってもたらされたシャーレ。左玄が差し出したそのシャーレの中で、玄米の粒に青い嫩葉が芽吹いていたからであった。

息をつめたまま市五郎は、(健気だ!)と思った。そうして、片方の白米の、あわれにもふやけ腐れているさまに、市五郎は大きな吐息をもらした。

「これと同じように、もし人間が空気や水や土を損い汚すようなことがあれば、この宇宙に生きている植物や動物の生活がおびやかされ、自然の調和は壊され、人間自身の生命も危険にさらされるのだ」

「玄米が玄米でなくなったとき……」

市五郎が問いかけ、

「そう、西洋から入ってくる文明開化がこのように自然界の大原則を壊しているのではないか。私はそれを大いに恐れているのだよ」

石塚はシャーレを鋭く指す。

「これが生命!」

市五郎の目は、玄米の青い芽に灼きつくように注がれていた。

「自然界の大原則……ですね」

一語一語を確かめるようにして、市五郎は言った。

石塚左玄との出会いは、市五郎に〈生命に対する凝視の姿勢〉を固めさせ、それからの彼の生涯に強力な杭をうち据えたのである。

二

それから十四年を経て——、

明治四十四年十月二十九日、日本歯科医学専門学校校長として認定第一回卒業生を送り出すまで市五郎は日本歯科界の開拓者として、まさに天翔ける駒山の鷹であった。

明治三十三年十一月、彼は麹町の区会職員に立候補して当選した。これは日本で歯科医師としてはじめて政治に参与したもので特筆に価する。それだけでも歯科医の地位向上に役立ったわけであるが、市五郎にはさらに業績が重なる。いや、それは皮相的に追加していく筋合いのものではない。すでに、そのはじまりから具わっているものであり、市五郎の人間性ということになるのだが、彼は区会議員に就任するや直ちに、麹町区に『学校歯科医』を置くことを提案し、その実現に成功したのである。これが今日の学校歯科医の始まりである。

それは明治三十四年四月、市五郎ほか五人の歯科医がこれに当った。即ち富士見小学校へ高橋栄五郎、番町小学校へ木谷茂吉、麹町小学校へ伊藤忠三郎、日比谷小学校へ藤島太麻夫と、それぞれを担任歯科医として配置し、「補助医員」の名称で児童の口腔診査にあたらせたのである。

そうして、この麹町区学校医を中心として歯科医の親睦会「二十日会」を結成し、明治四十年、歯科医学校設立を目指してこれを「日本歯科教育会」と改称、同年六月二十四日「私立共立歯科医学校設立」を決議して直ちに申請した。六月二十八日、東京府庁はその設立を認可した。申請から認可まで、わずか五日の日数である。この間には東京府教育掛長稲葉包道の後援があったことが大いに益したのである。稲葉はかつて麹町区で区長代理を勤めていたことがあり、市五郎とはそれ以来、昵懇の間柄であったのだった。

そういえば市五郎が日本ではじめて学童の口腔診査を麹町区会に提案したその基本のデーターは、瑞穂屋清水卯三郎が発行している歯科雑誌に掲載された――オーストリア、ウィーン大学が発表した飲料水と体質、骨および歯牙に関する詳細な統計報告であったのだが、市五郎の生涯の足どりには、つねにこのような暖い人間のつながりが陰に陽に参加している。これは市五郎の全人格を解く重要な鍵であるが、思うに市五郎のように官製ではなく、権威を後楯とせず、野にあって革新の業を為すものにはこれこそが唯一無二の珠玉であったといえよう。

こうして麹町区大手町、私立商工中学校内に私立共立歯科医学校を開設し、神田雉子町に移り、さらに麹町区富士見町の現在地に移って日本歯科医学校と改称し日本歯科医学専門学校に昇格したのは明治四十二年八月のこと。

それから二年を経過して、明治四十四年十月、日本歯科医専認定第一回卒業生

永持真幸（長野）　土持綱人（宮崎）　原　房吉（埼玉）　渋谷虎治（大阪）
谷　東一（徳島）　河原謙一（和歌山）　桜井金平（静岡）　村井三次（新潟）
田中靖夫（福岡）　大芦誠一（島根）　豊野圭伯（新潟）　玉川庄平（福島）
吉田光一（長野）　入交直重（高知）　馬場　豊（群馬）　赤尾武雄（香川）

の十六名を送り出す日がきたのであった。

この日、来賓の伯爵大隈重信が右脚を少しくひきずるようにして壇上にあがった。大隈は東北地方における講演会から帰京し、その足で祝辞にきてくれたのであった。

「わが輩は年少のころ藩学のツメコミ主義に大いに反対するものがあり、それが早稲田大学を創設させたともいえる。わが輩が学んだ藩校弘道館は全学寮であり、試験の点数によって禄高を査定した。諸君、それは江戸時代のことだと笑ってはいけない。官製の学校というものは大なり小なりこの欠点がある。人間と人間のつながりなど考えてはおらぬ。ゆえにわが輩は官製に欠けている教育を本源《もと》にもどそうと早稲田大学を作ったのである。わが輩を今日この壇上に招いたのも、その『私学』のゆえだ。さらに、野にあって新しい学問の学校を創立させた中原君の事業が、わが輩には他人事とは思えないのである」

市五郎は、大隈の一区切りずつにデアルンデアルと結びながら、また語りついでいく祝辞

を聞きながら、（人と人とのつながり）を思っていた。

（戸田義方先生の死を風の便りで聞いたのはいつのことだったろうか。そのあと下平村の天竜小学校に居たころは、北村とよくトッツキのカジヤに行ったものだが、和久造は可哀そうなことをした

作太郎兄いが死んだのは一昨年のこと。あの兄さんにはずい分無理をさせたものだ。「たったの三十円」って、あれは無茶苦茶だったな。あのとき、兄さんは「ぜひ返してくれなくては困るよ、いいね」と念をおした。そのくせ、それからは一言もその事には触れないままで死んでいった。瑞穂屋も去年の正月に死んでしまった）と。

式を終えて校長室にもどった市五郎は、窓ごしに、西の空、おもむろに露わになっていく赤い富士を見ていた。

高橋が、

「ぼくも、どっちかの足を傷めたら少しはきみたちにあやかれたかも知れんな」

ははは、と笑いながら市五郎に寄り添う。

「馬鹿なことを言うもんじゃない」

「いや笑いごとではない、しんじつの叫びなのだ、ほんと！」

ちょっと間をおいて、

「おい、あの海を見ろ、きみの前途は洋々たるものだ」

と構内の建物を越えた彼方を指した。

高橋は、

（かしこに東京湾が見える。そこで、市五郎が大きくうなずき、アイシーアイシーと、にこやかに答え、ぼくが相好をくずし「きさまの英語はアメリカ人のイーストレーキ仕込みだし、イギリス人のトーマスが家庭教師みたいなもんだし、本格的だからな」とポンと額をたたいて……）と、その応えを待った。

だが、海に視線を移した市五郎の横顔はきびしい。

（わたしはあの銀色の海がアメリカやイギリス、それらにつながっていることを知っている。だがあの海の深みにある碧のありかをこの手でたしかに掴むまでは「海のことを知っている」とは言えない。北村はいった、

「和久造の死は人間が勝手に生物の生態系を変えたからだ。それは文明開化のせいだ」と。

私たちの科学も、そうやって知らぬ間に深い罪科をおかしているのではなかろうか。それを知るまでは、作太郎兄いにしんじつ三十円の返済をすましたことにはならぬのだ。そこに行きつくまでには長い長い……そうだ、青い柿の実のころがった石ころ道を一歩一歩、この傷む足で踏みしめていかなくてはならないのだ。ねえ、そうだろう、貴志子よ）

市五郎は、にわかに鈍色《にび》を濃くしていく彼方の海を見つめつづける。その片頬がふと茜色に染まった。
玻璃戸いっぱいに輝りつけた西日が、市五郎にまともにきらめいた。

主要な参照、引用文献
『日本歯科大学六十周年誌』（日本歯科大学編）、『富士見の慈父』（島洋之助著）、『長崎医学史』（長崎医科大学編）、『しみづうさぶろう略伝』（長井五郎著）

巻末エッセイ

私の中の医学と文学

ここで――
ぼくは　うたを
言葉ではなく……
念ずべく
ここで――
ぼくは　充ちてくるものを
待つ……
待つということが　どのように　きびしい行いであるか
ようやく　わかった個処で――

神奈川県在住の歯科医の画家たちで結成しているクワトロ会という団体が十周年をむかえて記念誌を出すことになり、詩を乞われたのでこの詩を寄せた。気ごころのわかったH兄にこの詩を言伝てるとき、これは私の墓碑銘のようなもので……と付け加えたが、それはいつわりのない思いであった。

この記念誌の詩を二十数年ぶりにカナダから帰国し拙宅に滞在している義妹がみて、「待つ」というのは聖書から引用したのですかと訊く。彼女は熱心なプロテスタントなのだ。私は聖書は知らないが、そんなのがあるのかと問い返し「はじめに言葉ありき、という文句があったね。キリスト教では、どうしてもこの一句が必要なんだろうね」とつぶやくようにいった。そしてすぐ、私は私が授かった禅の公案「父母未生以前本来面目」を思い出したのである。

それから「言葉ではなく……念ずべく」については、どうして訊かないのだろうと思い返し、ふと木彫と彫塑とを対比したりした。

この世に数々の教義があり宗教があり、それは個々人の問題としている私は、絶対実在者のみの人から見ると、未だ信ぜざる者であるか、または相容れない組であろうが、新旧を超絶した絶対現在に生きることこそ真実の生き方だとしている私は、私なりに厳しく自戒するものがある。それが私の文学であり、この文学に支えられて、私の医学はようやく今日の個処まで育ってきたといえる。

私がデンタル・ダイヤモンド社から歯科医先覚者物語として「小説・中原市五郎」の連載を乞われたとき、小説ですねと念をおして確めた上で、私の中の文学と医学がようやく一つになった——と自分で頷けるようになりましたので、お引き受けいたしましょうと応えたのはこの故であった。そうして私はそのとき、私が郷里の九州・伊万里から上京したとき、伊万里の仲間のN君が、片岡はおのれの文学に忠実ならんとして上京した……といった意味の一文を私たちの同人誌に書いてくれたのだが、その頃、おのれの文学に忠実であることを、私はどれほどの深さで把握していたであろうかと省みたことだ。

上京して間もなく早稲田の仲間たちが、きみと同じような奴が居るぜ、としきりにいう。それは俳人の西東三鬼のことであった。私は三鬼氏とは逢わずじまいであったが、彼が歯科の商業雑誌の編集に関係していて、そのTという社長から間接に彼の動静を聞いていた。そうして彼のエッセイで、彼が結婚するとき、彼の妻君になるひとに、歯科医斎藤敬直と結婚するのか、それとも俳人三鬼と……か、と訊いたという件りに、私は、おやと思い、その後、三鬼が歯科を廃業して俳句に専念することを表明したとき、ふかい寂寥感に襲われたことであった。

その寂寥感の実体が、いまはっきりと掴めたと私は思っている。それ故に、私はこの連載小説を引きうけたといい切ることができる。

医の本質が、人間の生命に直接仕える仕事であることを私たちは知っている。そうして、一般医学者は患者の死によって、人間の生命や、また医の限界について、つねに問いつめられている。だが、歯科医学者は日常の診療が直接人間の生命――というよりも人間の一器官としての口腔科というものが主体であるために、この問いかけがさほどに厳しくはなく、頻繁でもない。それ故にこそ、特に私たち歯科医学者は「われわれの医とは」という問いかけを己れに課したきびしい戒律を持っていなければならないと考えている。

私は昭和三十年の改組以来、日本歯科医師会雑誌の編集委員の末席を汚しており、私の意見による「瞑想録」のスペースがあって、現在フーヘランドの「医戒」について私が執筆をつづけている。その瞑想録の傍書として、

私たちの持っている科学が、私たちの医学が、今日ほど窮地に追い込まれた時代はありません。

だが、これは私たちが安易に受容したために、このようにしてしまった、ともいえます。私たちは科学者として、とくに私たちは医学者として、私たちの歯科医学を改めて自分に問い糺さなければなりません。その端緒としてこの瞑想録を貴方におとどけいたします。

という文を添えている。

たしかに私たちの先輩医学者の一部は、医学を平板にうけとり、医学の中に深く秘められている人間の生命につながる感性というものを、それを切り捨てることが科学だとして受容してきたともいえそうだ。そこで、「手術は成功した。しかし患者は死んだ」という論理が

成り立つのである。この邦の医人が、外科医を職人と見たのはそれ故であり、その職人が、次に伝来した歯科をかざり職人と指したのは、帝国軍隊内務班のそれに似ている。

いま私は小説『駒山の鷹』の第七回目の『貴志子』にとりかかっているところだが、この回で私は——日本で歯科の教育をうけ、そして成熟し、独力で今日の日本歯科大学の基を作った中原市五郎が、明治二十九年二月、重篤の長女、四歳の貴志子の診察に内科の泰斗青山胤通を招いたとき、青山は病床の貴志子を一見して、あっこれは駄目といいざまその席を立ったと。周囲の者が、五円もの金をうけとりながら——、そう憤ったとき市五郎は、その五円は決して惜しくない。だが、もちょっと、なあ……とつぶやいたという。

私はその「もちょっと、なあ……」に医の本質があり、そここそ生命の個処であり、愛の個処であり、そここそ私たちが生きとし生けるもの全ての「生命」を凝視し、己れの思想として構築していかなければならない個処であると考えている。

それ故にこそ私の文学があり、そこへの道程を私はひたにすすみつつ、充ちてくるものに心ふるわせているのである。それが私の詩なのだ。

（「九州文学」昭和五十二年九月号所収）

編者あとがき

本書は、歯学雑誌「デンタルダイヤモンド」に昭和五十二年四月号から同年十一月号までの八回にわたり、歯科医先覚者物語と銘打って連載された「駒山の鷹—小説・中原市五郎」（「執筆にあたって」は同誌二月号、「プロローグ」は三月号に掲載）を、増補・改訂し、書籍化したものである。

この小説がデンタルダイヤモンド誌に発表されたとき、私はちょうど九州歯科大学の最終学年に在学中であった。当時、主人公の中原市五郎が日本歯科大学の創立者で、我が国における歯科医学の草創期に、その礎を築いた人物の一人であることはもちろん知っていた。だが、当時は臨床学科の勉強に専念していた時期でもあり、学内の書店でその雑誌を手に取ってざっと走り読みするぐらいで、この小説にかくべつの関心を抱くことはなかった。

ところが、大学を卒業し勤務医時代のある日、歯学書を専門に扱っている水道橋のS書店で、たまたま棚の中に他の書籍とともに並んでいる小冊子『日本食養道』が私の目にとまった。興味をひかれるまま手に取ると、それは昭和十二年に出版された旧著の復刻版で、著者は中原市五郎。頁を繰ると、そこでは「私が食養を研究し初めから既に四十年になりますが、それ以来大なる病気もせず一本の齲歯《むしば》も無く七十余歳の今日なお御覧の通り壮健であります。……この食養に注意した動機は、二十五、六歳頃から胃腸を害し、他にも神経衰弱、感冒と常に病み勝ちでしたが、……石塚左玄先生（陸軍薬剤監）からふとした機会で食養の指導を受ける様になり、以来、先生の御陰で見違える様な体になり、また先生とは肝胆相照らす交際を結ぶに至ったのであります」と、食養とのそもそもの出会いのきっかけにはじまり、ついで食養が私たちの身体の発育や健康にとっていかに重要であるかが、とりわけ学童に対する献立のあり方（朝食、昼食、おやつ、夕食）をめぐって、歯への影響もふくめ詳細に、具体的に論じられていた。すでに昭和十二年の時点で、このように体系的に食養（今日でいう食育）の意義を説いているのは正に慧眼というべきだが、それでもまだ中原市五郎への私の関心はそこまでであった。

それから数十年が経って、こうして小説「駒山の鷹」の上木をにわかに思い立ち、デンタルダイヤモンド誌をくり返し読み込んでいるうちに、私はしだいに中原市五郎という人間に惹きこまれていった。魅せられてしまったのだ。

いま手許に、『考証　中原市五郎史伝』（日本歯科大学校友会編）という大部な一書がある。扉の頁には「世に立つに必要なことは、目的と見透しと努力の三つである」という中原市五郎の言葉が掲げられている。これは明治四十四（一九一一）年十月、日本歯科医学専門学校

第一回卒業式で行われた訓示の一節で、「目的を立て、見透しがついたら、あとは努力の一点張りだ。馬車馬のように一直線にすすめ」とその訓示は続く。この他にも「正々堂々正道を進め。邪魔をする石は取り除いて行け。人を除けさせせようとするな。只努力だ。策に溺れるのは無策より悪い」「妥協に依って或いは一時を糊塗することができるとしても夫れは良心が許さない。何だか負けたような気がするのだ。競争者は其の虚に乗じようとする。私は是が一番嫌いだ。弱り目を叩いたり卑怯なことをされると徹底的に争いたくなる」など、同書には中原市五郎が私たち後進の歯科医師に遺した、出身大学の如何を問わず耳を傾けるべき金言のあれこれが紹介されている。もちろん、吐露されたこれらの言葉はそのまま、これが正しいと思ったら、絶対に退《ひ》かぬ、そんな市五郎がおのれ自身を律する言葉でもあったろう。

著者は「執筆にあたって」のなかで、「私は、いま、中原先覚を愛する以上のものになっている。そうだ。……（中原先覚のなかに、私自身を、きれいに容れこむ）ところまでになっている」と書いている。この言葉の背後には、はじめ医の道を目指しながら、幾多の変遷を経て、この道をこそ、と志を高くかかげて歯科の道を一途にすすむ決意をかため、やがて日本歯科医専を設立するにいたる青年、中原市五郎への、――目標を定めたらその実現に向けてましぐらに生きる市五郎の姿への、心底からの共感があったにちがいない。

もとより、ここに登場する中原市五郎は、さまざまな資料をもとに著者が造形し、その内なる想念《おもい》を投影(仮託)した中原市五郎である。作者がかわれば、そこではまた別の市五郎像が描かれるはずだ。とはいえ、この小説をいくたびとなく読み返しながら、私は一読者として、また一歯科医師として、人間中原市五郎にこの上ない親しみを覚えるのである。

本書の出版にあたって、日本歯科大学学長、中原泉先生には、推薦の一文を賜った。またそれだけでなく、全篇にわたって目を通していただき、おかげでいくつか歴史的事実について、記述の誤りを正すことができた。この場を借りて、心から感謝の言葉を記す次第である。

平成三十一年二月十三日

片岡英男

著者略歴

片岡繁男

大正4年(1915)5月13日、佐賀県伊万里市に生まれる。九州歯科医学専門学校卒業後、九州帝国大学医学部口腔外科歯科教室を経て細菌学教室(戸田忠雄教授)に入り、免疫血清学を専攻。医学博士。

昭和9年(1934)
福岡日日新聞(現西日本新聞)の「皇太子誕生奉祝詩」で秀逸第一席入選。
昭和19年 内閣府技術院に所属し「戦時結核ノ予防ニ関スル研究」に従事。
昭和15年 「九州文学」同人となる。
昭和17年 「伊万里ホトトギス会」結成。
昭和25年 「文学者」同人となる。
昭和28年 伊万里で文学団体「十三日会」を主宰、文芸同人誌「白磁」を発行。
昭和30年 日本歯科医師会雑誌編集委員となり、昭和60年までつとめる。
昭和54年 長編小説「鷺舞」で九州文学賞受賞。
平成22年(2010)歿。享年95。

著書

詩集『石膏の歌』『風の神様』『むかえ火』『祈禱』『川の子・太郎の歌』。『片岡繁男句集』。童話集『かえるの国』。小説集『幼い葦』『神寄せ』『聖ジュワンの水』。『人間の生命につかえて―日本赤十字の父・佐野常民』他。

〔表紙の写真〕
表紙の中原市五郎像は彫塑家の朝倉文夫作（1929年）で、富士見町の日本歯科大学前に設置されている。

駒山の鷹 Kuzan no Taka
小説・中原市五郎

■著　者　片岡繁男
■発　行　2019年3月13日
■発行者　水野純治
■発行所　株式会社 日本歯科新聞社
〒101-0061　東京都千代田区神田三崎町2-15-2
Tel 03-3234-2475 ／ Fax 03-3234-2477
http://www.dentalnews.co.jp/
■印　刷　㈱平河工業社